AF198704

Durch
Musik
bestimmt

von Laura Schmitz

für meine Freundinnen: Ange, Emma, Jenni und Paula

Vorwort

„Durch Musik bestimmt" ist eigentlich sogar schon der zweite Teil dieser Geschichte von der Familie Lopid, über die ihr gleich noch mehr erfahren werdet. In dem ersten Teil geht es um den 15-jährigen Nick, welcher die Schule hasst. Daher sind seine Noten auch nicht unbedingt gut. Doch ausgerechnet er verliebt sich in eine echt hübsche Streberin. Ihr Name ist Annabell. Aber sie will doch nichts mit einem Looser, wie ihm, anfangen. Trotzdem treffen sich die beiden, damit Annabell Nick Nachhilfe geben kann. Sie weiß, dass Nick´s Eltern bei einem tragischen Autounfall ums Leben gekommen sind, als er noch ein Baby war. Daher lebt er nun bei seiner Tante Janine Lopid. Doch Nick kann seiner Tante nicht trauen. Irgendetwas muss sie ihm verheimlichen. Und bald stellt sich auch heraus, was ihr Geheimnis ist.
Von einem zum anderen Tag ändert sich nämlich alles. Die ganze Menschheit ist auf einmal verschwunden. Nick ruft seine Freunde an – niemand geht ran. Auf dem Kassenband in der Kaufhalle liegen noch Waren, aber niemand ist mehr da, um sie zu kaufen. Das einzige was Nick hat, ist ein seltsamer Zettel von seiner Tante, auf dem 9 Zahlen stehen. Aber was haben sie nur zu bedeuten? Doch es wird noch verrückter. Im Wald trifft er auf eine Hexe, die ihm endlich erklärt, was hier vor sich geht: Nick´s Tante ist eine Mirianerin, eine Außerirdische. Sie hat die gesamte Menschheit auf einen Planeten gebeamt, um die Erde mit ihrer faszinierenden Natur vor den Menschen zu schützen. Mirianer sind die Zentralmacht im ganzen Universum und wesentlich weiter entwickelt als Erdlinge. Nick hat

2

keine Chance gegen sie. Aber auch seine Eltern leben noch und sind gar nicht bei einem tragischen Autounfall gestorben. Janine hat ihm so viel verheimlicht.

Einen Tag nachdem die gesamte Menschheit spurlos verschwunden ist, verschwindet Nick nun plötzlich auch. Und gelangt auch auf den Planeten (Mira 6), auf welchem sich die Menschen in eingesperrten Räumen befinden. Nick versucht jetzt mit Hilfe der Hexe Nick´s Tante Janine zu überreden. Aber ohne Erfolg. Sie will weiterhin die gesamte Menschheit auslöschen und ist zu sehr von der schlechten Seite der Menschen überzeugt. Doch man muss Janine´s ganze Geschichte kennen. Ihre Schwester Lotte (also Nick´s Mutter) und Janine waren einmal gut befreundet, bis sich Lotte in einen Menschen verliebte. Genau, Nick ist in Wirklichkeit selbst ein Außerirdischer. Jedenfalls zur Hälfte. Doch kommen wir zu zurück Janine. Sie verstand die Liebe noch nie und hasste von nun an ihre Schwester. Aber Janine war es gar nicht gewesen, welche die 9 geheimnisvollen Zahlen auf den Zettel geschrieben hat. Nick überlegt, was die Zahlen für eine Bedeutung haben. Das gelingt ihm auch. Allerdings stammen die Zahlen von der Hexe. Die Zahlen beschreiben das Leben von Nick und können daher die Zukunft vorhersagen, wenn man sie richtig deutet. Jede Zahl steht für ein besonderes Ereignis im Leben, also vor allem, wenn sich etwas in deinem Leben verändert. Doch das ist nicht das einzige Geheimnis der Hexe. Sie ist nämlich in Wahrheit gar keine Hexe, sondern eine Gestaltenwandlerin und ihre wirkliche Gestalt ist Annabell, die Streberin, die in Wahrheit auch in Nick verliebt ist. Zusammen versuchen sie nun, Janine aufzuhalten. Nach der Prophezeiung der Zahlen wird Nick bald sterben. Dies geschieht auch beinah,e als Janine Annabell erschießen will aber aus versehen ihren geliebten Neffen trifft. Er überlebt sehr knapp. Aber dieses schlimme Ereignis hat aus Janine einen besseren Menschen gemacht. Jetzt wird nicht die gesamte Menschheit ausgelöscht, sondern gemeinsam versucht die Natur zu retten.

Das war grob zusammengefasst, worum es im ersten Teil geht. Der zweite Teil baut darauf auf. Aber keine Sorge, das was jetzt kommt, wirst du sicherlich viel leichter verstehen, denn es ist nicht kurz zusammengefasst, sondern ausführlich beschrieben. Also freue dich auf diese spannende Geschichte, denn sie wird dich sicherlich fesseln.

1. Kapitel: 30 Jahre später

Gut gelaunt schaue ich aus dem Fenster. Dort geht die Sonne bereits auf. Die Wärme der Sonnenstrahlen durchdringt die Fensterscheibe und zaubert mir ein Lächeln auf mein Gesicht. Auf dem Planeten Magenta ist dies eine Seltenheit. Die Sonne scheint hier nur einmal am Tag und das nur für eine Stunde. Die restliche Zeit wäre es eigentlich stockfinster, aber es gibt eine riesige Glaskuppel, welche sich über den ganzen Planeten erstreckt und das Sonnenlicht so gut speichern kann, dass es die restliche Zeit hell ist.

Mein Name ist Maja - Maja Lopid, 16 Jahre alt und die gemeinsame Tochter von Nick und Annabell Lopid. Es ist schon einige Zeit vergangen, als vor etwa 30 Jahren Nick und Annabell die Menschheit vor ihrem Aussterben bewahrt haben. Und das alles nur wegen meiner Großtante Janine.

Ich bin zum Viertel Mensch, zum anderen Viertel Mirianer und zur Hälfte ein magisches Wesen vom Planeten Zaubie, woher meine Mutter stammt. Eigentlich müsste ich auch irgendwelche magischen Kräfte besitzen, aber ich bin bisher nur ein ganz normaler Mensch bzw. Mirianer.

Ganz anders bei meinem Zwillingsbruder Robin. Er ist ein paar Minuten älter als ich und hat viel mehr von unserer Mutter geerbt. Sein Leben ist deutlich aufregender als meines. Er lebt auf dem Planeten Zaubie und erlebt dort täglich spannende Abenteuer. Nicht, dass ich das auch wollte - ich hätte viel zu viel Angst - aber es ist einfach ungerecht. Er kann nämlich unnormal schnell rennen, hat unglaublich viel Kraft und sieht verdammt gut aus. Ein Drache hätte gegen ihn keine Chance.

Vor allem da er jetzt noch versucht, fliegen zu lernen. Ein perfekter Drachenfänger.

Heute kommt er zu Besuch, da unser Vater vor zwei Tagen 45 Jahre alt geworden ist. Das wird groß gefeiert. Und sein geliebter Sohn darf da natürlich nicht fehlen, obwohl der eigentlich 'ne Menge zu tun hat. Auf seinem Planeten ist nämlich gerade das Gleichgewicht in Gefahr. Es wimmelt dort nur vor Drachen. Sie vermehren sich rasant schnell, da sich ihre natürlichen Feinde, die Hexen, gerade in einer Krise befinden. Sie befürchten eine große gefährliche Macht, die in nächster Zeit ihr Unwesen treiben wird. Davon sind sie so abgelenkt, dass sie vergessen, die Drachen einzufangen, um sie als Transportmittel zu nutzen. Natürlich ist ihre Sorge berechtigt.

Immerhin können die Hexen in die Zukunft schauen.

Das haben sie auch für Papas ganzes Leben gemacht. Auf einem Zettel, den er vor längerer Zeit von Annabell bekommen hat, stehen neun Zahlen die sein Leben beschreiben und somit bestimmen.

Doch kommen wir wieder zu Robin. Seine Aufgabe ist es lediglich, nur die Drachen einzufangen und sie zu kastrieren, damit sie sich nicht mehr vermehren können. Dabei hilft ihm unsere Oma, die selber ein Drache ist. Ja, ich weiß, das klingt irgendwie komisch. Aber es ist so. Sie hat vor vielen Jahren die Aufgabe bekommen, unsere Mutter zu adoptieren und sich um sie zu kümmern. Auch sie wird heute eintreffen.

Ich darf natürlich auch nicht fehlen. Bei mir ist das aber eh was anderes. Ich sehe meine Eltern jeden Tag. Nicht wie bei meinem Bruder, der schon vor 10 Jahren begonnen hat, gefährlich zu leben. Und ja, diese Hexen haben schon etwas länger Bedenken, dass ihr Planet in Gefahr ist. Natürlich habe ich auch etwas Angst um meinen Bruder. Es könnte jeden Tag passieren, dass ich zum Frühstückstisch komme und dort weinend meine Eltern vor dem Fernseher sitzen, wo gerade in der Tagesschau von dem berühmten Drachenfänger berichtet wird, der seinen letzten Kampf nicht überlebt hat.

Meine Eltern waren auch nicht gerade begeistert, als ihr Sohn mit sechs Jahren ausgebildet wurde, um die gefährlichsten Dinge zu tun. Aber das ist schon lange her und so werden unsere Ängste mit jedem Jahr etwas weniger. Es ist ihm zum Glück immer noch nichts passiert. Nicht mal eine schlimme Verletzung hat Robin in dieser Zeit abbekommen. Er hat verdammt viel Glück und meistert seine Aufgaben sehr gut. Und außerdem macht es ihm unheimlich viel Freude, wenn er Angst hat. Das kann ich überhaupt nicht nachvollziehen. Er meint es wäre so viel aufregender als das langweilige Leben von mir.

Doch ich finde dies gar nicht so langweilig. Ich habe bekannte Eltern und einen noch berühmteren Bruder. Somit bin ich ja auch irgendwie berühmt. Außerdem lenkt mich die Schule sehr ab. Man muss so viel lernen. Ich will nämlich mal einen guten Abschluss mit einem guten Beruf ergattern. - Okay mein Leben ist langweilig. Aber mir gefällt es genauso. Und eigentlich bin ich gar nicht so berühmt, denn die wenigsten wissen, dass der Kerl mit seinen ganzen Abenteuern im Fernsehen mein Bruder ist. Wir sehen uns, auch wenn wir Zwillinge sind, überhaupt nicht ähnlich. Und vom Charakter erst gar nicht. Manchmal bezweifle ich sogar, dass wir wirklich Geschwister sind.

Meine Eltern und ich leben auf dem Planeten Magenta. Auch wenn dort selten die Sonne scheint, wie gerade jetzt, ist dieser Ort recht angenehm. Jedenfalls für uns drei. Der andere Vierte findet es hier dagegen stink-langweilig.

Aber der Planet ist nach meiner Meinung perfekt für uns. Wir sind eine besondere Familie mit einer Gestaltenwandlerin, einem Halbmenschen und mit mir, die ja völlig aus gemischten Genen von ganz verschiedenen Spezies besteht. Dieser Planet ist extra für solche Mischlinge wie uns gemacht. Ganz unterschiedliche Spezies sammeln sich dort an. Es gibt so viele verschiedene Planeten mit noch verschiedeneren Kreaturen. Hier kann man sie alle finden. Kreaturen, die wie Aliens aus Menschenfilmen aussehen. Kreaturen, welche schleimig und eklig aussehen, wie Nacktschnecken, nur viel viel größer und ekliger. Und welche, die einfach nur gruselig sind und bei dem man auch nur beim Ansehen ihn Ohnmacht fallen würde. Jedenfalls ich. Die Maja. die vor vieles Angst hat, nicht wie ihr Bruder.

Doch zum Glück trifft man hier nicht auf die richtige Gestalt dieser Kreaturen. Sonst wäre es ja viel zu unübersichtlich. Außerdem wollen viele nicht, dass man ihre wahre Identität weiß. Aber dafür kann man rätseln, wie die Person wohl wirklich aussieht. Ob sie schleimig, groß, flüssig, steinig oder klein ist. Das macht Spaß.

Die Gestalt, welche man annimmt, gleicht dem Aussehen eines Mirianers, eines Menschen oder der wahren Gestalt von Gestaltenwandlern.

Das heißt, wir müssen unser Aussehen nicht verändern, wie viele andere. Magenta – das perfekte Zuhause für uns.

2. Kapitel: Gabe Bason

Es ist Freitag früh und ich sitze im Bus auf den Weg zur Schule. Ja, auch hier gibt es Busse für
alle, die von ihren Eltern nicht gefahren bzw. nicht geflogen werden. Viele besitzen als Flugmittel
sogenannte Dorrox. Doch der Bus fährt, um nicht in der Luft noch mehr Chaos zu verrichten.

Ich mag mich so wie ich bin, auch ohne magische Kräfte. Meine Mutter meint jedoch, dass ich sie später irgendwann noch bekommen werde. Daran glaubt sie fest. Sagt sie jedenfalls, vielleicht aber nur, damit ich es auch denke. Denn ich finde, dass jetzt langsam die Zeit reif wäre, um magische Kräfte zu bekommen. Was bringt es mir denn, wenn ich sie mit 500 bekomme (die

Lebenserwartung liegt bei Halbgestaltenwandlerinnen bei etwa 550 Jahren)? Aber egal. Das Thema beschäftigt mich schon lange nicht mehr. Neben der Schule lenken mich noch viele andere Sachen ab. Kommen wir zum Beispiel zu meinem Hobby . Ich liebe nämlich Musik über alles. Das könnte auch an dem Viertel Mensch in mir liegen. Ohne die Menschen würde es nämlich die Musik nicht geben. Es ist eine fantastische Erfindung. Die Musik ist so vielseitig und hat sich über viele Jahre entwickeln können.

Auch in der Schule gibt es Musik als Unterrichtsfach. Das Schulsystem wurde allgemein sehr am Menschen orientiert. Man findet zwar immer mal wieder ein paar kleine Unterschiede. Diese fallen mir aber nur auf, da wir in den Ferien oft zur Erde reisen, wo ich auch den Schulalltag miterleben kann.

Musik ist natürlich mein Lieblingsfach. Und neben Tanzen, spiele ich leidenschaftlich gerne Flöte. Das Tolle an diesem Instrument ist, dass es leicht zu spielen und nicht schwer zu tragen ist.

Ich habe die Flöte immer bei mir, doch das, was ich spiele, ist schon sehr anspruchsvoll, da ich bereits seit 12 Jahren dieses Instrument besitze. Das ist aber nicht das Einzige, was mir Spaß macht. Ich stalke auch gerne Menschen, genau wie Kommissare aus Krimis, nur dass sich diese oft dadurch in Gefahr bringen. Mir macht es nur Spaß den Gesprächen der Menschen im Bus zu zuhören und die ganzen Informationen zu kombinieren. Sich in Gefahr zu bringen, wäre mir viel zu aufregend. Ich würde mir eher vor Angst in die Hosen machen, als das Abenteuer zu genießen. Dafür gibt es ja Robin. Im Bus wäre mir außerdem langweilig, also lausche ich den Gesprächen hinter meinen Rücken zu. Mit Kopfhörern in meinen Ohren, damit man nicht darauf kommt. In Wirklichkeit höre ich gar nicht Musik, nur dann, wenn es langweilig wird. Wie jetzt. Keine interessanten Leute sind im Bus, es sind die selben wie jeden Morgen. Und das sind langweilige kleine Schüler, deren Informationen über ihr Leben mir reichen. Ich weiß, wie sie heißen und heute schreiben sie einen Bio-Test und alle schauen sich wie die Verrückten ihre Hefter an. Ansonsten sind noch ein paar Rentner im Bus, die zu weit weg von mir sitzen, um ihre Gespräche mit lauschen zu können, auch wenn die Busse hier deutlich leiser fahren, als auf der Erde.

Nicht nur das Schulsystem hat man sich von dort abgeguckt. So sieht es hier fast genauso aus wie auf der Erde. Aber nur auf den ersten Blick. Es gibt auch viele Unterschiede. So braucht man nichts zu essen oder zu trinken, außer fünf Tabletten, die man pro Tag zu sich nehmen muss. Diese Tabletten reichen völlig aus und man spart dadurch viel Zeit. Man kann jedoch auch normal in die Gaststätte gehen. So wie wir dies heute Abend machen werden.

Aber die Tabletten haben natürlich unterschiedliche Geschmacksrichtungen, denn das ist ja das Tolle am Essen - es ist lecker. Zum Beispiel mag ich so vor allem den Geschmack Schokolade mit Karamell.

Dafür gibt es hier wie auf der Erde viele Wälder. Nachdem nur ein Viertel der Menschen vor 30 Jahren wieder auf die Erde zurückgekehrt sind, hat sich viel geändert. Die Natur konnte sich gut erholen und so sind auch die Wälder gewachsen. Und genau durch so einen erdähnlichen Wald fahre ich gerade. Diese sind aber dagegen sehr tierarm, da es die meisten Tiere im Zoo gibt. Dort kann man auch seltene Kreaturen von anderen

Planeten sehen. Der Planet Magenta ist halb so groß wie die Erde. Aber es existieren keine Meere, so dass die bewohnbare Fläche hier deutlich größer ist. Daher gibt es hier eine Vielzahl von Geschöpfen. Und zwei dieser Geschöpfe knutschen gerade ausgiebig vor meinen Augen. Etwas übertrieben, wie ich finde. Also wende ich meinen Blick lieber ab. Ich hatte noch nie einen Freund. Doch auch ich bin in der Phase, in der man sich leicht verliebt. Aber ich will noch keinen haben. Das würde mich viel zu sehr ablenken. Außerdem bin ich der Meinung, dass die Liebe in meinem Alter nicht für immer hält. Und diesen Liebeskummer will ich mir nicht antun. Der erste Freund soll mein einziger sein.

In diesem Moment stoppt der Bus und neue Fahrgäste steigen ein. Ich mache die Musik leise. Da ist er. Sein rechter Fuß betritt den Bus, dann sein linker. Kurz schweift sein Blick durch den Bus auf der Suche nach einem Sitzplatz, doch der Bus ist, wie jeden Morgen schon voll, sodass er sich im vorderen Bereich des Busses hinstellt, weit weg von mir. In den letzten Sonnenstrahlen für heute glänzen seine braunen Augen himmlisch. Genau wie seine schwarzen Haare. Er ist einfach nur perfekt: Gabriel Bason. Er ist eine Klasse über mir, ist total heiß und sieht verdammt gut aus. Wie ich schon gesagt habe, ich bin in der Phase in der man sich leicht verliebt. Und so stalke ich ihn schon seit einem halben Jahr, seit er von seinem Heimatplaneten hierher kam. Glücklicherweise zog er in die Nähe unseres Hauses mit seinen beiden Freunden: John und Nonan. Alle drei kommen von einem Planet namens Talenta, wo die Wesen genauso aussehen wie Mirianer. Das heißt, Gabriel sieht in Wirklichkeit genauso heiß aus.

Kommen wir zu den Wesen, die dort existieren. Sie sind die einzigen, die auf Talenta leben. Es gibt keine weiteren Lebewesen. Dafür ist diese Spezies sehr außergewöhnlich. Sie haben nämlich eine unvorstellbar nützliche Gabe. Sie brauchen einfach nur einen Gegenstand von dem Körper einer beliebigen Person, wie zum Beispiel ein Haar und verfügen sofort einfach über alle Talente dieser Person. So würde ihnen ein Haar von mir ausreichen, um Flöte zu spielen. Die Menge oder die Größe des Gegenstandes spielt dabei keine Rolle. Sofern sich diese Person in etwa vorstellen kann, wie man Flöte spielt, kann sie dies auch. Einen Haken an dieser ganzen Sache muss es natürlich auch geben. Sonst wäre es ja völlig unfair. Und so erleiden sie alle die Schmerzen, welche die Person auch gerade erleidet. Sie sind sozusagen mit der Person verbunden. Und das das ganze Leben lang. In der Schule wird dies natürlich streng verboten. Sonst hätten sie wahrscheinlich längst ein Haar oder irgendwas anderes von mir. Denn neben dem Talent Flöte zu spielen (dass man ein Instrument spielen kann, bringt bei vielen Lehrern einen Pluspunkt), bin ich auch für die meisten eine Streberin. Ich kann gut Mathe, da logisch zu denken meine Spezialität ist, genau wie Zahlen merken für mich einfach nur Spaß macht. So weiß ich von fast allen aus meiner Jahrgangsstufe das Geburtsdatum auswendig. Gabriel hat übrigens genau in einer Woche Geburtstag: am 23. März.

Sein Spitzname ist eigentlich Gabe und er wird an diesem Tag 17. Seine Freunde hatten bereits Geburtstag. Beide im September . Das alles weiß ich durch Belauschen und durch Stalken bei Instagram. Diese App ist auf der Erde schon längst überfällig, doch hier wird

Instagram erst gerade modern. Gut für mich. Ich habe dort schon sehr viel erfahren. Unter anderem was Gabe so für einen Geschmack hat. Er hat zum Beispiel eine interessante Musikgruppe abonniert, deren Musik mir auch gefällt. Bisher hat er noch keine Freundin gehabt. Genau wie Nonan und John. Das ist sehr seltsam, denn es gibt neben mir noch viele andere Mädchen, die diese drei Jungs hübsch finden. Und diese Mädchen sind wesentlich attraktiver als ich. Aber ich werde den Grund schon irgendwie herausfinden. Die drei haben nicht den leichtesten Schimmer, dass ein unscheinbares Mädchen erschreckend viel über sie weiß. Ich bin sehr stolz auf mich, dass noch niemand mein Geheimnis herausbekommen hat. Ich habe dies nämlich noch keinem verraten. Aber ich würde gerne jemanden davon erzählen und alle neue Informationen berichten, die ich herausbekomme. Doch ich habe keine richtigen Freunde in meiner Klasse. Nur eine Freundin, der ich aber nie von diesem Geheimnis erzählen würde. Sie könnte es nicht nachvollziehen, dass man einen Jungen so ausgiebig stalken kann. Sie heißt Nilma und kommt wie meine Mutter vom Planeten Zaubie. Sie ist in Wirklichkeit eine Fee.

Daher ist sie in Echt eigentlich deutlich kleiner und mit Flügeln ausgestattet. Das einzige, was sie von ihrer wahren Gestalt behalten durfte, ist ihre Schönheit, denn alle Feen sind wunderschön. Aber sie können nicht viel Besonderes außer Fliegen. Nilma kann sich dafür zu jeder Zeit in eine Fee zurückverwandeln. Doch jetzt sehe ich sie wie fast immer. Groß und flügellos. Der Bus ist an der Schule angekommen und Nilma wartet auf mich. Ich begrüße sie fröhlich. Jetzt kann ich Gabe und seine beiden Freunde wieder vergessen.

3. Kapitel: Die Musiknote

Gleich fängt der Unterricht an. Unsere Musiklehrerin kommt mal wieder erst jetzt und schließt uns den Raum auf, sodass uns kaum Zeit bleibt zum Auspacken. Aber trotzdem wird dies mein Lieblingsfach bleiben. Heute fängt Frau Stier mit der Leistungskontrolle an. Wir mussten in Gruppen ein Stück einüben. Ich bin in einer total unmusikalischen Gruppe gelandet. Zum Glück war wenigstens Nilma bei mir. Wir waren die einzigen Mädchen. Und wie Jungs so sind, singen die nicht so gern. Nilma musste zwei Jungs dazu zwingen, mit ihr zu singen und ich musste zwei Jungs dazu bringen, irgendwelche einfachen Töne auf einer Gitarre und einem Klavier zu spielen. Das war so eine große Herausforderung gewesen, dass für mich nur wenig Zeit übrig blieb, um meinen eigenen Part zu üben. Ich sollte zu dem Lied irgendwas schwieriges auf der Flöte spielen, wofür Frau Stier die Noten extra für mich besorgt hatte. Jetzt kann ich dies sogar auswendig. Und übrigens - das Lied ist richtig blöd. Das Thema ist gerade Romantik. Und daher ist das Lied einfach nur langweilig. Viel zu langsam für meinen Geschmack.
Wir sollen gleich als erste mit der Kontrolle anfangen. Und so bekommen wir keine Zeit, noch mal kurz zu üben. Fatal für uns. Genauer gesagt: schlecht für mich. Da ich meinen Part zu gut kann, spiele ich ihn am Anfang zu schnell, sodass ich alle anderen aus dem Rhythmus bringe. Die sind nun sauer auf mich.
"Maja, du hast die anderen völlig durcheinander gebracht. Ich dachte, du kannst so gut Flöte spielen?", provoziert mich Frau Spier. Innerlich platze ich gerade nur vor Wut. Was soll das denn?! Ich kann dieses

komische Lied auswendig und das einfache Zeug auf der Trommel und dem Klavier erst Recht. Da wechseln gerade Mal jeden Takt aller vier Zählzeiten die Töne! Doch ich kann meine Wut gut verbergen und schaue nur schuldbewusst auf meine Flöte. Frau Stier gibt uns eine zweite Chance. Diese klappt auch. Eigentlich bin ich ja außerordentlich gut. Wenn man bedenkt, dass ich dies gerade erst zum zweiten Mal mit den anderen spiele, da ich die Wochen davor den anderen geholfen habe. Mit Erfolg! Sie machen keine Fehler. Und so bekommen sie eine Eins. Mir gibt sie eine Eins minus. Zum Glück. Nicht nur für mich, sondern auch für sie. Das wäre nämlich sehr unfair gewesen, wenn ich eine schlechtere Note bekommen hätte.

Aber meine Hilfe hat sich immerhin gelohnt. Die anderen Gruppen sind wesentlich schlechter als wir, da sie keine Hilfe bekommen haben. Frau Stier ist nicht gerade beliebt, da sie eher bequem ist und ihren Beruf nicht so ernst nimmt. Und außerdem wählt sie immer furchtbare Themen aus. Bei den anderen Lehrern werden auch Mal aktuelle Lieder gesungen und nicht irgendwelche aus der Wiener Klassik oder wie jetzt aus der Romantik. Die anderen aus meiner Klasse sehen das genauso. Wir sind insgesamt 24 Schüler. 6 davon sind Mirianer, 4 Menschen, eine Fee (Nilma), ein Mischling (ich) und 12 andere verschiedene Spezies. Wie zum Beispiel ein Mädchen, die sich an jede beliebige Temperatur anpassen kann, so ähnlich wie die Wechseltiere auf der Erde. Deswegen hat man den Planeten Temperatura genannt. Oder ein Junge besitzt ein so gut ausgeprägtes Gehör, dass er jedes noch so kleine Geräusch hören und alle lauten Geräusche ausblenden kann. Ganz schön praktisch um Gespräche mitzulauschen. Dieser Planet von dem er kommt heißt Gehörium. Ihr merkt schon, dass die Namen sehr einfach benannt wurden. Aber das ist auch gut so. Man kann sich dadurch nämlich die Namen viel besser merken, denn es gibt 5000 verschiedene Kreaturen. Davon sind viele Menschen sowie Mirianer. Und dann gibt es noch ein Vielzahl anderer Kreaturen, die man nicht Mal als Normalbürger wissen braucht. Über die wichtigsten von ihnen lernen wir zwar im Unterricht, aber es gibt immer noch eine Menge von Geschöpfen die zu selten vorkommen, um sie kennen zu müssen. Vor allem da man ja eh nicht ihr richtiges Aussehen wahrnimmt.

Die restlichen Unterrichtsfächer vergehen wie immer total langsam. Jetzt sitze ich an der Bushaltestelle auf dem Weg nach Hause zur Geburtstagsfeier. Neben mir sitzt Nilma. Sie wurde auch eingeladen, da sie sich blendend mit meiner Mutter versteht. Sie kommen ja immerhin vom selben Planeten.

Außerdem will sie unbedingt Robin kennen lernen. Und so unterhalten wir uns schon seit ein paar Minuten über den heutigen Abend, der uns bevorsteht.

"Ich freue mich schon voll auf heute Abend. Wird bestimmt toll werden! Und die anstrengende Woche haben wir nun auch endlich geschafft.", freut sich Nilma neben mir, "Obwohl ich es heute gar nicht so schlimm fand. Wir haben beide eine Eins in Musik bekommen. Okay du eine Eins mit minus. Aber scheiß auf das minus. "

Als ich gerade darauf reagieren will, sehe ich im Augenwinkel Gabe und seine zwei Freunde gerade drei Zigaretten rausholen. Sie stehen schon länger dort. Jetzt fangen sie an mit Rauchen. Wie ich es hasse. Es stinkt so widerlich. Neben Musik und Instagram eine schlechte Erfindung der Menschen. Finde ich jedenfalls. Gabe sieht das wahrscheinlich anders. Doch ich glaube ... Maja, nicht ablenken lassen! Und so erzähle ich Nilma von meiner Meinung: "Ja, aber ich finde es trotzdem unfair. Ich musste doch etwas viel schwieriges spielen auf der Flöte als Leon und Naom."

"Du spielst ja auch schon seit 12 Jahren. Da ist das ja für dich alles babyeinfach. Aber was Naom
auf dem Klavier spielen musste, war schon 'ne Herausforderung, wenn man eigentlich keine
Ahnung davon hat."

"Ja, aber .... "

"Aber was? Ist doch jetzt eh egal."

"Aber du bekommst doch in Sport auch immer Einsen für die selben Dinge, die wir auch machen.", entgegne ich ihr. Nilma ist sehr sportlich. Ihr fällt Sport daher sehr leicht.

"Was hat denn das jetzt damit zu tun?"

Nilma versteht anscheinend nicht so schnell mein Argument. Aber zum Glück wird unsere sinnlose Diskussion beendet, als ein Luftwind an uns vorbei fegt und der Gestank von Rauch unsere Nasen durchfährt. Nilma verzieht ihr Gesicht. Feen reagieren sehr empfindlich auf alles Mögliche.

"Ich hasse Raucher!", schimpfe ich, wobei bei diesem Raucher das Gegenteil von Hassen der Fall ist.

Etwas später drücken Gabe und seine Freunde die Zigaretten aus. Ob sie mich gehört haben?

Aber wahrscheinlich nicht, der Grund wird wohl eher sein, dass in diesem Moment der Bus kommt.

4. Kapitel: Die Geburtstagsfeier

Und dann hält der Bus auch schon und wir steigen wieder aus. Meine Mutter ist schon zu Hause und begrüßt uns fröhlich. In zwei Stunden beginnt die Feier. Und in einer Stunde werden schon die ersten Gäste eintreffen. Also soll ich mich schon Mal zurecht machen. Ich renne in mein Zimmer und ziehe mir eine Bluse an. Schminke kann vielleicht auch nicht schaden. Also trage ich dezent etwas Wimperntusche auf. Dann bin auch schon fertig und gehe ins Wohnzimmer. Dort sitzen Annabell und Nilma. Ich setzte mich zu ihnen und wir unterhalten uns über alles mögliche, bis der erste Gast klingelt. Es ist Janine. Meine Großtante. Wobei ich sie eher als Oma sehe. Sie lebt auf dem Planeten Mira, wo sie viel zu tun hat. Ihre große Liebe hat sie zwar immer noch nicht gefunden, aber dafür einen tollen Job, der ihr unglaublich viel Spaß bereitet.

Sie verfolgt das ganze Geschehen im Universum und macht viel Bürokram. Die Meisten finden den Beruf langweilig, doch Janine mag an dem Beruf, dass sie nicht viel mit anderen zu tun hat. Sie ist nicht so kontaktfreudig. Dafür bleibt sie die ganze Woche hier bei uns. Wir wollen versuchen sie zu verkuppeln. Ich mag Janine so gern. Ihre zurückhaltende Art war mir schon als kleines Kind irgendwie sympathisch. Ich drücke sie daher fest, als sie erscheint. Ich habe sie schon seit einem halben Jahr nicht mehr gesehen.

Kurze Zeit später erscheinen auch schon die nächsten Gäste. Es sind meine richtigen Großeltern. Nick' s Eltern und Janine' s Schwester. Auch sie sind erfreut, sich wieder zu sehen. Oma Lotte und ihr Mann sind die letzten Gäste. Und so können wir zum Restaurant loslaufen. Es ist gleich in der Nähe von unserem Haus und dort werden wir dann die restlichen Gäste, einschließlich Papa, treffen. Also laufen wir zu sechst los. Nach 10 Minuten sind wir da. Von weitem sieht man schon Miranda, meine Oma. Die Adoptivmutter von Annabell. Ein Drache. Und dann sehen wir auch schon Papa. Hinter ihm steht Lilli. Sie ist ein Geist von irgendeiner verstorbenen Prinzessin, die sehr hübsch ausgesehen haben muss. Lilli ist schon seit zweieinhalb Jahren mit meinem Bruder zusammen.

Selbst sein Liebesleben ist aufregender als meins. Aber wo ist er eigentlich? Nach schnellem Suchen entdecke ich ihn. Robin sitzt auf dem Hals von Miranda. Dort war er mir gerade eben gar nicht aufgefallen. Jetzt kommt er zu uns. Das heißt er fliegt. Und das kann er schon wahnsinnig gut. Er schwebt zu uns rüber. Ohne Flügel, ohne nichts. Die Luft trägt sein Gewicht ohne Probleme. Einfach so. Unglaublich. Jetzt landet er sanft. Vor meinen Füßen. Robin lächelt über das ganze Gesicht, als er mich ansieht. Er hat mich vermisst. Dann nimmt er mich fest in seine Arme. Okay, ich habe ihn auch irgendwie vermisst.

Nach dem ganzen Begrüßen gehen wir rein ins Restaurant. Es ist ein besonderes Restaurant und so müssen sich alle Touristen nicht unbedingt verwandeln lassen. Daher bleibt Miranda so wie sie ist. Sie mag ihre Gestalt als Drache sehr, auch wenn sie ungeheuer groß ist und es umständlich ist sich mit ihr im Sitzen zu unterhalten. Aber sie hasst es, sich zu verwandeln. Außerdem ist dies als Tourist nicht zwingend nötig. Die Gaststube des Restaurants ist daher sehr hoch. Viele Tische mit Stühlen befinden sich hier. Fast alle davon sind noch nicht besetzt. Das Restaurant hat ja auch gerademal seit 10 Minuten geöffnet und in einer halben Stunde wird erst das Buffet eröffnet. Der Kellner führt uns zu unseren reservierten Plätzen. Es sieht alles sehr edel und vornehm aus.

Nachdem wir bestellt haben, kommen zum Glück endlich die ersten interessanten Gäste. Es ist ein altes Ehepaar, welches sich lautstark unterhält. Ein neues Hörgerät könnte nicht schaden. Als sie gerade Platz genommen haben, schimpft die Frau ihren Ehemann voll. Nach längerem Zuhören, bekomme ich den Grund dafür mit. Die beiden haben heute ihren ganz besonderen Tag. Sie sind schon seit 50 Jahren verheiratet. Ein Wunder, wie die beiden das geschafft haben. Und der Mann wollte dies gemütlich zu Hause feiern, während die Frau die ganze Zeit gedacht hatte, sie bekäme eine Überraschung. (Der Mann heißt übrigens Joachim und die Frau Helga. Die Namen werden bei diesem Gespräch sehr oft erwähnt.) Und so beschloss Helga vor ein paar Minuten einfach, mit ihrem Mann in dieses Restaurant zu gehen. Anhand der Namen vermute ich sehr stark, dass dies Menschen sind. Aber sehr unterhaltsame Menschen. Dies findet Janine, glaube ich, auch. Wie ich hat sie die ganze Zeit neben mir dem Gespräch gelauscht. Ganz anders bei Nilma, die auf der anderen Seite neben mir sitzt. Sie ist damit beschäftigt sich mit Lilli zu unterhalten. Sie ist sehr begeistert von diesem Mädchen. Sie kommen ja immerhin vom selben Planeten. Und darüber unterhalten sie sich. Was sich so in den letzten Jahren dort geändert hat, als Nilma vor 10 Jahren hierher zog.

Nach einer Weile wird das Gespräch des Ehepaares langweilig und Janine und ich lauschen lieber den Unterhaltungen an unserem Tisch. Mama wird gerade von Oma Lotte gefragt, wie es gerade bei ihr auf der Arbeit so läuft. Meine Mutter arbeitet bei einer Organisation, wo sie versuchen, neue Lebewesen zu kreieren. Nach dem Vorbild der Natur. In der Nähe von Magenta befindet sich ein noch unbewohnbarer Planet, wo meine Mutter gelegentlich hinfährt, um die vielen neuen Lebewesen in ihrem vorgesehenen Lebensraum zu testen.

Durch diese Frage von ihrer Schwiegermutter ändert sich plötzlich völlig die Stimmung. Meine Mutter scheint uns etwas zu verbergen und dies schon ziemlich lange, wie sich herausstellt:

"Okay, dann erzähle ich es eben, wenn die ganze Familie dabei ist. Ich kann euch ja schlecht die ganze Zeit über anlügen. Nick, ich wollte es dir eigentlich schon eher erzählen, aber ich wollte dir deinen Geburtstag nicht verderben. Auf meiner Arbeit läuft es nämlich gerade nicht so gut. Eine ganz besondere Art, die wir schon seit vielen Jahren aufwachsen lassen, hat sich selbständig gemacht. Dieses Lebewesen sollte einem Adler ähneln. Doch plötzlich hat sich dieses Tier selber entwickelt. Wir waren nicht in der Lage, etwas zu unternehmen. Es ist viel größer geworden. Und gefährlicher. Wir konnten ihn zum Glück einfangen und in einem Raum einsperren. Aber wir haben kein gutes Gefühl. Was er macht, ist unkontrollierbar. Uns fällt einfach keine Lösung ein. Und das schon seit einer Woche."

Die ganze Zeit hat sie verlegen auf die Tischdecke geblickt.

Doch jetzt schaut sie nach oben und sieht meinem Vater in die Augen. Man merkt ihr an, dass ihr dies schon länger Sorgen bereitet. Aber sie scheint erleichtert zu sein, dass sie endlich darüber reden konnte.

"Respekt, Annabell! Es muss ganz schön anstrengend gewesen sein, das alles so lange zu verbergen. Die ganze Zeit fröhlich zu sein, obwohl einem etwas bedrückt, was das Herz belastet und worüber man sich eigentlich mit jemanden unterhalten möchte. Hochachtung!", bewundert Janine meine Mutter.

Schnell huscht ein kurzes Lächeln über ihr Gesicht. Dann schaut sie nur noch schuldbewusst in der Gegend herum. Den Blickkontakt mit meinem Vater vermeidet sie. Meine Mutter hat Angst vor ihm. Er ist sicherlich sauer auf sie. Sie hat es uns ja immerhin eine ganze Woche lang verheimlicht. Aber Nick versteht sie. Sehr sogar.

Jetzt herrscht nur noch bedrückte Stimmung. Alle sind verstummt und starren vor sich hin. Was wird wohl jetzt passieren? Müssen wir uns Sorgen machen um den Job meiner Mutter?

Oder viel mehr um dieses Tier, was sehr gruselig zu scheinen mag? Miranda, die sich bei diesem Gespräch ihren Hals verrenken musste, um alles mitzubekommen, bricht nun die Stille, indem sie eine dieser vielen Fragen stellt, die uns nun alle brennend interessieren:

"Was können wir gegen dieses Wesen unternehmen? Ich meine, irgendetwas wird doch möglich sein. Haben Drachen eine Chance gegen ihn?"

"Ich denke eher nicht. Aber zerbrecht euch bitte nicht mehr darüber den Kopf. Der Raum, wo es ist, wird für ihn fürs erste ein Hindernis sein. Und uns fällt mit Sicherheit noch eine Lösung ein. Jetzt wird erst mal gefeiert!", beruhigt uns meine Mutter .

Was auch wirkt, denn dieses Thema wird nicht noch mal aufgegriffen.

Dafür ist es erst mal langweilig. Wir müssen warten, bis das Buffet eröffnet wird und das alte Ehepaar hat sich nun wieder beruhigt. Also keine aufregenden Gespräche mehr. Daher lausche ich der Musik, die im Hintergrund gespielt wird.

Diese ist so leise (beziehungsweise die ganzen anderen Geräusche sind so laut), dass man sie

nur mit Mühe hören kann. Aber dafür wird gerade eines meiner Lieblingslieder gespielt. Es ist ein fröhliches Lied, welches die Langeweile sofort vertreibt.

Doch nach zwei Minuten ist das Lied zu Ende und ein Neues wird gespielt, welches mir eher nicht gefällt, da es ziemlich traurig ist. Plötzlich fühle ich mich auch so. Traurig. Ich weiß nicht wieso, aber ich würde am liebsten weinen. Nimmt mich das mit meiner Mutter so mit? Aber wohl eher nicht. Sie werden ja schon eine Lösung finden.

Nach ein paar Minuten ist dieses Lied zum Glück zu Ende und meine Stimmung bessert sich sofort, als das nächste Lied gespielt wird, welches deutlich fröhlicher ist. Das könnte aber auch daran liegen, dass in diesem Augenblick drei höchst interessante Gäste den Raum betreten ....

Oh mein Gott! Da werfe ich meinen Blick zum Eingang und plötzlich kommt da höchstpersönlich der Junge herein spaziert, den ich ununterbrochen beobachte! Gefolgt von seinen beiden Freunden. Ich komme gerade einfach nicht mit meinen Leben klar. Schnell wende ich den Blick wieder ab und schaue auf die Tischdecke. Was machen die drei denn hier?

Sie laufen direkt zu einem Tisch, nicht weit entfernt von unserem, und setzen sich dort hin. Sieht nicht gerade so aus, als ob sie einfach nur Mal vorbeischauen wollen.

Pünktlich zum Eröffnen des Buffets erscheinen sie. Na, das wird ja noch ein aufregender Abend werden. Ich hoffe nur, dass meine Familie nichts von meinem heimlichen Verehrer mitbekommt.

Jetzt können wir unser Essen holen. Und da die drei sich auch gleich dorthin bewegen, gehe ich auch erst mal zum Buffet. Gabe nimmt sich gerade einen Jako. Das ist ausgesprochen leckeres Fleisch, welches nur nicht so aussieht. Man würde denken, es wäre ein Osterei mit diesen ganzen bunten Farben, doch es schmeckt wie alle möglichen Sorten von Fleisch, die es auf der Erde gibt, nur deutlich besser. Also nehme ich mir auch ein Stückchen davon. Genauer gesagt ein Riesen-Stück. Ich meine, man muss doch dieses Essen ausnutzen und zum Glück werde ich nicht so schnell dick.

Eigentlich hätte ich mir am liebsten noch gleich ein zweites Stück von diesem Fleisch genommen. Aber lieber nicht vor Gabe' s Augen. Außerdem kann ich dann mehrmals gehen. Und das mache ich auch, als mein Teller wieder leer ist. Das Tolle ist, das sich die Jakoplatte in der Nähe von dem Tisch befindet, an dem die drei sitzen. Und so bleibe ich extra lange dort stehen und schaue mir jedes Jakos extra lange an, um das schönste und größte Stück zu finden, damit ich nicht so auffalle. Ich kann zwar nicht alles verstehen worüber sie reden, aber die Wörter, welche ich höre, sind es wert, wie eine komplett Verrückte hier dazustehen und das gerade perfekt gefundene Fleischzeug perfekt auf den Teller anzuordnen, um nicht einfach nur lauschend dazustehen.

Nonan hat irgendwas mit "Mädchen haben" die anderen beiden gefragt. Darauf hin hat wahrscheinlich Gabe genickt, denn John reagierte nur mit "Okay, Gabe".

Den Rest von John konnte ich leider nicht mehr so gut verstehen. Das Einzige waren zwei Wörter, die ich heraushören konnte: hübsch und cool. Ich schlucke, als ich mit meinem Teller zum Platz gehe. Es ist ja wohl ganz offensichtlich, dass Gabe sich gerade für ein Mädchen entschieden hat, welches hübsch und cool ist. Nicht so wie ich. Mir hat Gabe wesentlich besser gefallen, als er noch Single war und sich nicht für Mädchen interessiert hat. Bevor ich den Platz erreiche, setze ich ein Lächeln auf, damit niemand meine bedrückte Stimmung mitbekommt.

Am Tisch zerbreche ich mir den Kopf darüber, wieso John meinte "Mädchen haben?".

Wahrscheinlich konnte sich irgendeine nicht zwischen den dreien entscheiden. Aber egal was es damit auf sich hat, ich werde jetzt erst mal diesen Abend mit meiner Familie genießen. Und so lasse ich dieses Thema erst mal ruhen. Das gelingt mir auch, bis ich etwas seltsames mitbekomme. Auf einmal verlassen alle drei das Gebäude. Wahrscheinlich nur, um zu Rauchen, aber es sieht so merkwürdig aus, wie sie alle gehen und ihre noch vollen Teller stehen lassen, so dass ich beschließe, nachzusehen, um festzustellen, dass sie wirklich rauchen. Doch sie unterhalten sich dabei und das Gespräch wirkt selbst von weitem interessant. Also überlege ich, wie man näher an sie herankommen könnte. Da fällt mir die Bank in der Nähe von den dreien auf. Diese ist zu meinem Glück schon besetzt von Joachim, sodass ich mich unauffällig mit ihm unterhalten könnte. Er sieht traurig aus. Helga hat ihm wahrscheinlich immer noch nicht verziehen. Leise setze ich mich neben ihn.

"Immer diese Liebe, nicht wahr?", spreche ich den

armen Joachim an. Dieser schaut mich ganz erschrocken und verdutzt an. Er ist über das plötzliche Erscheinen von mir verwundert. Doch dann reagiert er auf meine Aussage mit einem lauten Seufzer: "Auch gerade Liebesprobleme?"

"Ja, zwar etwas anders als bei Ihnen, aber ich kann gut nachvollziehen, wie das sein muss, wenn ihre Frau sie einfach nicht versteht."

Das stimmt ja. Mich lenkt die Liebe zur Zeit auch sehr ab.

"Wenn sie einfach nur verstehen würde, dass ich in meinen Alter nicht in einem Restaurant
feiern will, wo man die ganze Zeit aufstehen muss, um sich das Essen zu holen. Und wenn ich es ihr dies erzählen will, schimpft sie nur ununterbrochen weiter.", berichtet mir Joachim ohne Aufforderung.

"Versetzen Sie sich einfach in Helga. Sie ist doch nur sauer auf sie, weil sich ihre Frau zur Goldenen Hochzeit von ihnen mehr erwartet hätte. Sie denkt, sie lieben sie nicht mehr so wie früher."

"Woher weißt Du, wie sie heißt und dass wir schon 50 Jahre verheiratet sind?", schaut mich Joachim verdutzt an.

"Sie und ihre Frau reden ganz schön laut."

"Ach so", er lacht, dann wird er wieder ernst.

"Stimmt das wirklich, was Helga über mich denkt? Dass ich sie nicht mehr so liebe?"

"Soweit ich die Frauenlogik verstehe - schon."

"Und was soll ich jetzt machen?"

"Sie müssen Ihrer Frau irgendetwas Großes schenken. Es geht einfach nur darum, dass sie merkt, wie wichtig sie für Sie ist. Es gibt immer Mal Situationen in der Ehe, wo man merkt, dass man doch nicht hundertprozentig zusammen passt. Doch das ist überhaupt nicht schlimm. Es ist genau wie im Leben. Es ist nur perfekt, wenn es immer mal traurige, blöde, nervige Momente neben schönen, aufregenden und lustigen gibt. Denn dadurch ist das Leben und auch die Liebe nicht langweilig.

Doch Sie können jetzt etwas tun, damit ihr Leben sie wieder glücklich macht. Also gehen Sie und

holen Sie sich ihre Frau zurück!"

"Wow, wenn ich genau das Helga erzähle, wird sie staunen. Recht vielen Dank, junge Frau. Ich

habe da auch schon eine Idee was ich ihr Großes schenken könnte... ".

Und so verschwindet Joachim mit einem Lächeln auf dem Gesicht in Richtung Restaurant. Mein Plan, bei einem Gespräch einem anderen Gespräch zuzuhören, war zwar gescheitert, aber dafür habe ich einem Menschen geholfen.

Jetzt nehme ich meine Kopfhörer aus der Jackentasche und tue wieder nur so, als ob ich Musik hören würde.

Ich höre gerade John sagen: "Lasst uns lieber wieder über wichtigere Themen unterhalten, als über dieses Mädchen. "

Mist! Ich habe zu spät begonnen zuzuhören. Ich will doch wissen, was das für ein Mädchen ist! Aber was für ein Thema kann so wichtig sein?

Ein sehr wichtiges, schreckliches, gruseliges und gefährliches Thema, welches mein Leben stark verändern wird.
Doch das kann ich zu diesem Zeitpunkt noch nicht wissen.

"Habt ihr den Jungen eingesperrt?", diese Frage gehört Nonan.

Gabe antwortet darauf: "Nein haben wir nicht. Es ist noch zu zeitig. Es fällt doch sofort auf, wenn er nicht mehr da ist."

"Aber es ist zu gefährlich, ihn frei herumlaufen zu lassen. Das Schlafmittel wirkt bei ihm vielleicht anders. Ich will kein Risiko eingehen." stellt Nonan fest.

Das Gespräch ist ja interessant. Worüber reden die nur? Auf jeden Fall klingt dies ganz schön krass. Es scheint so, als hätten sie ihre besondere verbotene Gabe ausgenutzt, um irgendeine Fähigkeit von einem Jungen zu bekommen. Das wäre dann aber sehr schlimm und aufregend. Zu aufregend. Wahrscheinlich reden sie nur über etwas Harmloses, das nur ohne Zusammenhang total gefährlich klingt. Und was nur zu einem riesigen Missverständnis führen würde. Doch trotzdem will ich unbedingt noch mehr von diesem Gespräch mitbekommen. Zu schade, dass in diesem Augenblick meine Mutter den Innenhof des Restaurants betritt. Gezielt geht sie nun zu meiner Bank und setzt sich neben mich. Na toll! Ich will jetzt keine Unterbrechung. Deswegen nehme ich etwas zu wütend meine Kopfhörer aus den Ohren, denn meine Mutter fragt mich: "Willst du lieber alleine sein?"

"Nein, nein alles in Ordnung.", lüge ich. "Nachdem ich auf der Toilette war, bin ich kurz mal nach hier draußen abgebogen. Du weißt doch Musik ist mein ein und alles."

"Ja, ich weiß. Ich brauche auch mal kurz eine Auszeit." Sie macht eine Pause. "Maja, ich muss dir was erzählen. Ein Geheimnis, welches du unter keinen Umständen weiter erzählen darfst. Es geht um meine Arbeit und was ich vorhin erzählt habe. Das war gelogen. Ich wollte euch keine Sorgen bereiten. Es ist zur Zeit überhaupt nichts in Ordnung. Dieses Wesen ist schon längst wieder aus dem Gefängnis ausgebrochen. Zuerst hatten wir kaum Angst. Doch jetzt ist unsere Angst unglaublich groß. Aber das Wichtigste an der ganzen Sache ist, dass wir keinem davon erzählen sollten. Denn Panik ist das schlimmste. Es würde uns nur aufhalten. Aber Janine hat Recht. Es war hard core euch nichts davon zu erzählen. Und jetzt brauche ich eine Person, der ich alle meine Sorgen anvertrauen kann. Ich halte es einfach nicht mehr aus. Ich will dich zwar auch nicht damit belasten, aber ich hoffe, du verstehst mich einfach."

"Natürlich verstehe ich dich."

Und wie ich sie verstehe. Ich hätte auch gerne jemanden, dem ich über Gabe berichten könnte.

"Du musst nur eins wissen. Falls etwas Schlimmes passiert, dann brauche ich deine Hilfe. Dann würden wir zusammen in den Keller der Universität gehen. Dort haben wir hochentwickelte Pistolen, aus denen ein Strahl kommt, der diese Wesen töten kann. Egal wie stark dieses Geschöpf ist. Doch wir dürfen es nur unter ganz ungünstigen Umständen verwenden. Trotzdem gebe ich dir diesen Zettel mit dem Passwort für den Keller. Ich habe kein gutes Gefühl."

Verständnislos schaue ich meine Mutter an. Meint sie das jetzt ernst? Könnte es sein, dass in nächster Zeit ich, oder vielmehr meine Mutter, in Schwierigkeiten geraten wird?

"Ich weiß, das ist schon irgendwie ziemlich beängstigend. Aber ich will nur sicher gehen und dir davon berichten, dass du im Notfall Bescheid weißt. Wahrscheinlich übertreibe ich mal wieder nur. Komm wir vergessen es wieder und unterhalten uns jetzt einfach wie eine ganz normale Tochter dies mit ihrer

Mutter tut. Erzähl mir von deinem Tag. Was habt ihr heute in der Schule so gemacht? Du hattest ja vorhin bei der ganzen Aufregung gar keine Zeit gehabt. "

"Okay, dann erzähle ich dir von Musik.", beginne ich und blicke kurz zu Gabe. Er hat mich schon öfters bei Schulveranstaltungen Flöte spielen gesehen. "In Musik hatten wir heute nämlich diese Leistungskontrolle, wofür ich das komische Lied auf meiner Flöte die ganze Zeit geübt hatte. Und zwar habe ich bei der Kontrolle zuerst alle aus dem Takt gebracht, weil ich das Lied zu gut konnte und beim zweiten Mal habe ich doch noch eine Eins bekommen, genau wie alle anderen. Und das finde ich etwas ungerecht. Ich will mich ja nicht unbedingt beschweren. Nein, mir geht es einfach nur ums Prinzip." berichte ich meiner Mutter. Doch die versteht mich nicht, genau wie Nilma.

"Was ist denn daran unfair? Ich weiß, das dein Stück auf der Flöte wesentlich schwerer war, als das von den anderen. Aber es ist doch nicht die Voraussetzung, dass man ein Instrument spielen kann."

Wieso verstehen mich denn alle nicht?! Das ist doch jetzt nicht so schwer! Ich will meiner Mutter

das Problem genauer erklären, doch dazu komme ich nicht, da Gabe und seine zwei Freunde auf einmal hinter uns stehen. Sie sind mir gar nicht aufgefallen. Nun spricht Gabe:

"Entschuldigen sie bitte, Lady, aber ich kann ihre Tochter gut verstehen. Ihr hätte man schon ruhig

gleich 5 Einsen dafür geben können. Sie war doch sicherlich wesentlich besser als die anderen. Sollen die doch auch ein Instrument spielen lernen! Ist schon irgendwie komisch, wenn alle in Sport immer noch ein Stufe schwieriger machen dürfen, um noch eine zusätzliche eins zu bekommen und dann natürlich die im Vorteil sind, die in der Freizeit Sport machen."

In welchem Film bin ich denn jetzt gelandet?! Entsetzt starre ich Gabe an. Wieso verteidigt mich auf einmal ein fremder Junge!? Und dazu noch ein echt schmucker?! Das ist zuvor noch nie passiert. Durch mein Entsetzen ist mein Mund jetzt auch noch offen. Schnell schließe ich ihn wieder. Das muss ja bedäppert ausgesehen haben. Zum Glück redet jetzt meine Mutter. Sie fragt: "Wer seid ihr?"

"Wir sind drei Jungs, die einfach nur höflich sind und gerne Gespräche mit anderen Leuten führen.", antwortet John. Das wusste ich gar nicht. Seit wann führen sie bitte Gespräche mit anderen Leuten?! Ich habe sie noch nie zuvor mit anderen Menschen zusammen gesehen. Also irgendwas stimmt hier überhaupt nicht.

"Es ist aber nicht gerade höflich, wenn man ohne Aufforderung andere Gespräche belauscht.",

entgegnet meine Mutter. Dann muss ich ja richtig unhöflich sein. Aber gutes Argument. Seitdem ich über Musik berichte, müssen sie schon hinter uns gestanden haben. Und das ist wirklich ziemlich seltsam. Doch auch hierfür gibt es eine Erklärung. Gabe berichtet: "Wir waren gerade auf dem Weg zum Eingang, als wir an ihnen vorbeigelaufen sind. Wir kennen ihre Tochter aus der Schule. Und so wollten wir das Gespräch mitbekommen. Sie haben ein ausgesprochen talentiertes Mädchen. Sie wird sicherlich bald noch mehr angesprochen werden. "

Mit diesen Worten gehen die drei. Ich wende meinen Blick zu meiner Mutter. Das war ja mal peinlich. Was ist hier gerade nur passiert? Wieso haben sie uns angesprochen? Seit wann bin ich talentiert? Denkt er, ich werde berühmt? Ich habe keinen Plan. Aber eins ist klar: Gabe kann nachvollziehen, dass meine Gabe so gut Flöte zu spielen, belohnt werden sollte. Und er hat sogar den Vergleich mit Sport gemacht. Er versteht mich. Noch mehr. Er findet mich sogar talentiert.

"Okay, das waren gerade gestörte Leute. Wahrscheinlich kommen die von einem Planeten, wo die gesellschaftlichen Normen etwas anders ausgeprägt sind. Ich will gar nicht genauer über die Geschöpfe Bescheid wissen. Wie die wohl in Wirklichkeit aussehen?"

Sie lächelt mich an. Wenn sie nur wüsste, dass diese drei eigentlich vom Planeten Talenta kommen, mit wohl einer der gefährlichsten Gabe. Und dass diese Typen auf diesem Planeten genau so heiß aussehen wie hier. Aber ich bin froh, dass sie so denkt und die Jungs hoffentlich bald wieder vergisst.

Als wir wieder drinnen sind, spielen wir kurze Zeit später alle zu zehnt ein Spiel. Eher gesagt, wir bereiten ein Spiel vor. Brettspiele spielt man hier kaum. Man ist lieber draußen. Und dafür schreiben wir jetzt auf Zetteln Sachen, die durch die anderen Mitspieler erledigt werden müssen, die diesen Zettel dann ziehen. Das Problem ist, dass man sich konzentrieren muss, damit einem etwas einfällt, doch jetzt lenken mich gerade andere Dinge ab. Ich kann immer noch nicht fassen, was gerade passiert ist. Es ist so seltsam. Und mir fällt einfach keine logische Erklärung dafür ein. Nicht mal eine total verrückte. Wieso hat er mich angesprochen?! Er weiß doch, dass ich ein Streberin bin. Und wieso haben sie unser Gespräch belauscht?!

Ein weiteres Problem ist, dass meiner Mutter nicht

auffallen darf, dass mich diese Geschichte von eben beschäftigt. Sehr sogar. In ihren Augen waren das einfach nur ein paar Verrückte gewesen. Und nicht welche, die ich unaufhaltsam stalke. Das darf sie unter keinen Umständen mitbekommen und noch weniger die Tatsache, dass ich in einen von ihnen verliebt bin.

Die erste Sache, die ich jemand machen lasse, ist es Flöte zu spielen. Oder es zumindest zu versuchen. Das wird bestimmt lustig werden. Als nächste Aufgabe lasse ich mich von dem Ereignis von gerade eben inspirieren. Man soll jemanden Fremdes ansprechen. Das kann ziemlich peinlich werden. Ich bin schon gespannt, wer die Aufgabe wohl ziehen wird. Die letzte Aufgabe von mir ist es, einfach so zu tun, als ob ich besoffen wäre und zwar das vor mehreren Menschen. Schon wieder was Peinliches.

Meine Aufgaben sind nicht gerade kreativ gewesen. Dafür zieht Nilma, als wir dann endlich draußen sind, eine wirklich einfallsreiche Idee. Sie soll das Wachstum von irgendeiner Pflanze beschleunigen. Das geht mithilfe von einer sehr komplizierten Formel, die sehr lang und schwierig zu merken ist (doch gar nicht so unnütz ist). Ich denke diese Idee ist von meiner Mutter gekommen. Sie will gerne mal das Wissen der anderen auffrischen. Aber Nilma kann diese Formel gut. Und so müssen wir jetzt erstmal das Gelände verlassen, um auf eine riesengroße Wiese zu gelangen. Auf dieser befinden sich außerdem noch viele junge Bäume.

Nick meint, dass es Apfelbäume seien. Doch überall stehen unscheinbar zwischen Grashalmen Malendas. Dies sind Pflanzen, auf die ältere Leute nicht gut reagieren, da sie auf eine Avo allergisch sind. In dem Malendas wohnen kleine fliegenähnliche Geschöpfe, die in die Nase von jeder Person hineinfliegen. Jüngeren Leute macht dies nicht so viel aus, auch wenn uns diese Viecher schrecklich nerven. Doch bei Älteren reagiert der Körper nicht mehr abwehrend auf das giftige Gas, was sie in die Nase ausschütten. Man stirbt zwar nicht davon, aber man muss die ganze Zeit auf die Toilette, um die giftigen Gase aus dem Körper zu bekommen.

Und deswegen kommen Tante Janine und meine Großeltern nicht mit. Oma Miranda macht das als Drache aber nichts aus, also steht sie jetzt neben mir.

"Zieht euch diesen Blick rein. Das sieht richtig nice aus.", bewundert Lilli die Landschaft. Sie hat Recht. Die riesige Landschaft sieht wirklich einfach nur atemberaubend aus. Durch die Malendas ändern sich die Farben der Grashalme ständig, wenn man sich leicht bewegt. Und dieses Spektakel ist umgeben von kleinen jungen Bäumen. Es sind bestimmt hundert, wenn nicht noch mehr.

Und dann ist Nilma auch schon bereit. Doch als sie gerade beginnen will, die Formel aufzusagen, wird sie von Lilli gestoppt. Entgeistert starrt sie auf ihr Handy .

"Robin, Mrs Green hat mir geschrieben. Irgendwas stimmt nicht. Sie wissen nicht genau was, aber die Hexen befürchten, dass diese große Macht nun nach vielen Jahren zuschlagen wird. Sie benehmen sich ganz unruhig und bitten uns um Hilfe. Denn diese Hexen sind zwar schlau, mächtig und können die Zukunft vorhersagen, doch sie wissen nicht genau, was sie tun sollen. Deshalb müssen wir morgen schon wieder zurück fliegen. " Meine Eltern schauen Robin und Lilli genervt an. Das kann ich verstehen. Sie hatten sich schon so sehr auf das Wochenende mit ihrem Sohn gefreut und jetzt muss er schon wieder weg.

Alle anderen sind auch genervt und starren die beiden mit traurigen und entsetzten Gesichtern an. Miranda schnaubt und eine große Wolke kommt aus ihren Nasenlöchern. Sie muss auch wieder zurück. Und darauf hat sie ganz offensichtlich keine Lust.

"Das ist jetzt nicht dein Ernst!?" fragt Robin entgeistert, obwohl er die Antwort natürlich

kennt. "Doch ist es." antwortet Lilli. "Robin, ich weiß, wie sehr dich diese Abenteuer nun langsam

ankotzen, aber es hört sich an, als ob es dieses Mal sehr entscheidend ist. Robin, wenn nun endlich diese Befürchtungen von den Hexen wahr werden und wir sie aus dem Weg schaffen,

dann hat dies allemal ein Ende. Stell dir nur vor, wenn du nicht mehr gegen Drachen kämpfen brauchst und dich in nicht mehr in Gefahr begeben musst, um versteckte Drachenkolonien zu finden, indem du durch einen gefährlichen Vampirwald stampfst, wo du jederzeit einem von ihnen zum Opfer fallen kannst. So junges Menschenfleisch ist doch ein Leckerbissen und dazu noch sehr selten. "

Lilli wird von meiner Oma unterbrochen: "Ja, aber nicht nur Menschenfleisch ist beliebt. Nein, auch Drachen sind für Vampire eine Delikatesse. Ob ihr es glaubt oder nicht, doch das war wirklich der Horror. Zwar hatten wir von einer Hexe einen Zaubertrank getrunken, der Vampire vertreiben sollte, doch den Anschein hatte es nicht. Nervige Vampirkämpfe blieben uns jedenfalls dadurch nicht erspart. "

"Robin, was ich eigentlich sagen wollte ist, dass du dann endlich deine Zeit mit deiner Familie nachholen kannst, die du doch so sehr vermisst. Endlich richtig zur Familie gehören, wie es bei jedem anderen ist." beendet

Lilli ihre Aufmunterung. Das war mir gar nicht so bewusst gewesen. Seit wann vermisst er diese Zeit? Ich dachte immer, er wäre damit glücklich gewesen, nicht richtig zur Familie zu gehören, indem er sein ganz eigenes besonderes Leben lebt. Also frage ich ihn: "Aber du findest doch unser Leben so langweilig. Und du magst es, spannende Abenteuer zu erleben. Die gleich so spannend sind, dass man sicherlich Top-Filmmaterial hätte."

"Eben nicht. In Actionfilmen gibt es auch immer Mal ruhige Momente. Momente, in denen man sein Leben auch genießen kann. Doch ich muss immer um mein Leben kämpfen und das schon seit 10 Jahren. Weißt du eigentlich, wie viel ich verpasst habe? Fast meine ganze Kindheit wurde mir gestohlen. Die Blüte meines Lebens und das Schreckliche ist, ich kann diese Zeit nicht nachholen. Ich werde nie mehr acht oder zehn sein. Weißt du ‚wie oft ich Heimweh habe? So sehr ich auch diese Abenteuer liebe, im Moment empfinde ich nur Hass. Und dies ist mir bewusst geworden, als ich vor ein paar Monaten gefragt wurde, ob ich Geschwister habe. Ja, habe ich geantwortet, doch gedacht habe ich nur, eine Schwester, die ich nur ein- oder zweimal im Jahr sehe. Ich kenne dich kaum. Klar, ich weiß, dass du dir viel Mühe in der Schule gibst und Flöte spielst, aber da hört es auch schon langsam auf. Es gibt sicherlich noch viel, was ich über dich wissen könnte. Wie sieht es zum Beispiel mit der Liebe aus? Ich kann nicht mal richtig an deinem Gesicht erkennen, was du jetzt wohl denkst. Fühlst du dich ertappt? Oder doch eher genervt von der Frage? Siehst du, da hört es schon bei mir auf und das machst mich so unglaublich traurig. "

Ganz automatisch umarme ich ihn. Ich weiß auch viel zu wenig über meinen Bruder. Diese weiche, sympathische Seite meines Bruders war mir so gar nicht bewusst gewesen.

Trotzdem bin ich froh, dass er mein Gesicht gerade nicht entschlüsseln konnte. Denn ertappt habe ich mich mit Sicherheit gefühlt. Wenn er nur wüsste, dass ich mir selber ein kleines Abenteuer

bereite, indem ich einen echt heißen Jungen stalke. Doch auch, wenn Gabe mich gerade noch abgelenkt hat, tut dies jetzt ein anderer Junge. Meine Bruder, den ich verdammt lieb habe, wie mir jetzt erst gerade bewusst wird.

"Ich bin froh, dass ich nun endlich weiß, wie du denkst. Und wie anders deine Abenteuer für dich sind, als ich dachte." sage ich, als ich mich aus seiner Umarmung löse. Nachdem wir nun endlich darüber geredet haben, setzen wir unser Spiel fort. Also sagt Nilma ihren Zauberspruch auf und lässt somit im Handumdrehen den Baum wachsen. Stolz lächelt sie und pflückt sich gleich einen reifen Apfel ab.

5. Kapitel: Probleme

Doch zum Essen kommt sie nicht, da in diesem Augenblick eine laute Sirene ertönt. Über die ganze Wiese schallt es ohrenbetäubend.

Erschrocken sehen wir uns an. Und dann heißt es nur noch weg. Weg so schnell es geht. Wieso auch immer diese Sirenen läuten, es ist kein gutes Zeichen und wir müssen schleunigst verschwinden und man ist am schnellsten in der Luft. Und so verwandeln sich Nilma und Lilli sofort in eine Fee und in einen Geist und heben in die Lüfte ab. Robin und Miranda machen es ihnen zeitgleich nach. Genau wie sich meine Mutter auch in einen Drachen verwandelt. Wie blöd, dass ich nicht fliegen kann und alle fünf, die fliegen können aus Eile, erstmal nur an sich selber gedacht haben und ich jetzt immer noch hier unten stehe.

Zum Glück bin ich nicht die einzige. Papa ist auch immer noch am Boden. Wie froh ich gerade bin, dass ich jemanden habe, der sogar noch weniger mit dem Planeten Zaubie verwandt ist als ich. Doch dieser unangenehme Moment hält nicht lange an, denn meiner Mutter fällt gerade auf, dass dort unten ja noch welche hilflos rumstehen, die nicht fliegen können. Also nimmt sie uns schnell mit den Krallen. Rasch haben wir die anderen eingeholt, doch es ist ziemlich voll in der Luft. Die Sirenen läuten nur, wenn etwas Schlimmes passiert ist. Dann sollen alle so schnell wie möglich in die Schutzhalle gelangen.

Dort sind wir sicher, wovor auch immer. Was kann nur passiert sein? Als wir dann angelangt

sind, strömen überall Mengen von Leuten in die riesige Halle rein, in der man das Ende nicht sehen kann. Nach einer Stunde sind alle Bewohner Magenta' s hier versammelt. Nicht zu

früh, denn nach einer weiteren einer halben Stunde wird der Grund für dies alles deutlich. Durch die Decke der riesigen Halle, welche aus einer Art Glas besteht, sieht man einen Schwarm von lauter Feuerstrahlen vorbei schwirren. Auch wenn dieses Spektakel atemberaubend aussieht, wäre es jetzt lebensgefährlich draußen zu sein. Diese vielen Feuerstrahlen, die noch für mehrere Stunden zu sehen werden sein, könnte man vergleichen mit besonderen Erscheinungen von Jahreszeiten auf der Erde, wie zum Beispiel Gewitter. Doch gewöhnlich erscheinen diese Strahlen nah an Magenta erst in einem Monat. Dann sind wir alle schon vorbereitet und es kommt nicht zu einer Massenflucht wie heute. Wieso ist es so frühzeitig passiert? Das ist sonst noch nie vorkommen. Es gibt keine Erklärung dafür, wie für viele andere Dinge, die heute passiert sind. Doch durch dieses Ereignis werden Robin, Miranda und Lilli erst mal nicht von hier wegkommen. Zwar können wir morgen wieder von hier weg, aber trotzdem ist um unseren Planeten eine von ihr nicht sichtbare Schicht, wo immer noch Feuerstrahlen vorbeifliegen, was es unmöglich macht, in den nächsten Tagen zu Zaubie zu gelangen. Ich weiß nicht, ob sich meine Eltern freuen, aber ich tue es auf jeden Fall. Auch wenn diese Mission ziemlich wichtig klingt, scheint sie auch sehr gefährlich. Seit heute mach ich mir irgendwie deutlich mehr Sorgen um Robin. Außerdem habe ich kein gutes Gefühl bei der ganzen Sache. Und meinem Instinkt sollte ich trauen.

Jetzt liege ich in einem fremden Bett in einem riesigen Raum, wo auch meine Eltern, Robin, Lilli, Nilma und Miranda liegen. Für diese Nacht werden wir hier schlafen, doch morgen können wir wieder nach Hause und werden Janine und meine Großeltern wieder sehen. Wo sie sind, wissen wir nicht. Das ist nicht schlimm, denn ihnen wird es ganz bestimmt gut gehen. Vorhin mussten sie sich auch in Sicherheit bringen.
Mir fällt auf, dass heute ziemlich viel passiert ist. Zuerst das mit meiner Mutter. Ich bin gar nicht dazu gekommen, darüber noch einmal nachzudenken, wie mir gerade auffällt. Was ist, wenn es doch keine

übertriebene Sicherheitsmaßnahme ist? Sondern es wirklich eintreffen wird. Vielleicht sollte ich lieber noch mal mit meiner Mutter darüber reden.

Aber dann bemerke ich, dass ich dafür gerade viel zu müde bin. So schlimm wird es ja schon nicht sein. Dann das mit Gabe. Ich verstehe immer noch nicht, wieso er zu uns gekommen ist. Am Montag werde ich mich auf jeden Fall in seiner Nähe aufhalten, damit er mich nochmal ansprechen kann. Doch ich bin immer noch von Robin berührt. Endlich werde ich ihn richtig kennenlernen können. Und jetzt bin ich auch noch hier. Irgendwas muss passiert sein, dass diese Feuerstrahlen viel zu zeitig gekommen sind. Und ich werde versuchen, dies rauszubekommen. Dies setze ich mir als Ziel, bevor ich einschlafe. Ich weiß zwar noch nicht wie, aber ich werde es rausbekommen. Da bin ich mir sicher. Irgend wie seltsam, dass ich davon so überzeugt bin. Aber egal, jetzt schlafe ich erst mal.

Wie schnell sich die Dinge wandeln können. Gestern war alles noch normal gewesen. Doch wer jetzt denkt, das war schon alles, der täuscht sich, denn es wird noch viel komplizierter werden.

Fröhlich öffne ich meine Augen. Huch, wo bin ich denn? Für einen Augenblick habe ich schon wieder ganz vergessen gehabt, dass ich ja zusammen mit meiner Familie in diesem Raum liege. Aber jetzt wird mir der gestrige Tag wieder bewusst. Mal sehen, ob dieser Tag durch heute noch getoppt werden kann.

Doch jetzt ist es schon Abend und es ist immer noch nicht viel Besonderes passiert. Den ganzen Samstag waren wir als Familie zusammen unterwegs. Nick, Annabell, Robin, Lilli und ich. Und nun sitze ich auf meinem Bett, neben mir Lilli. An der Wand lehnt Robin. Soeben hat er mir die selbe Frage wie gestern gestellt und dieses Mal soll ich darauf antworten, ob ich zurzeit verliebt sein würde. Natürlich sage ich nicht die Wahrheit, aber Robin ist davon nicht überzeugt: "Wirklich Maja? Ich weiß schon, dass man in unserem Alter nach der Liebe Ausschau hält. Vielleicht bist du ja doch in jemanden verliebt."

"Und außerdem, du als zurückhaltendes Mädchen würdest uns sicherlich dies verleugnen.", ergänzt Lilli. Wie Recht sie hat. Aber ich will ihnen nichts von Gabe verraten. Niemand weiß davon und das soll auch erst einmal so bleiben! Also behaupte ich wütend, dass das alles völliger Quatsch sei und es auf unsere Schule keine heißen Typen gäbe.

Völlig gelogen. Nach dieser Ansage hören sie auf mit weiterem Hinterfragen. Doch über Robin huscht kurz ein Lächeln, als hätte er etwas vor.

Sollte ich mir Sorgen machen?

Der nächste Tag war genau so uninteressant wie Samstag. Doch stattdessen ist jetzt Montag und ich muss wieder in die Schule. Ich hoffe, dass dafür heute etwas interessantes passiert. Aber bitte etwas Schönes.

Auf dem Schulhof wird nur über die Feuerstrahlen geredet. Manche sind total ängstlich und sind echt übertrieben besorgt. Aber so schlimm ist es doch gar nicht. Wir (oder vielleicht sogar ich) werden schon noch herausbekommen, wieso diese Feuerstrahlen so verfrüht gekommen sind.

Im Moment habe ich deutlich andere Sorgen. So will ich unbedingt nochmal Gabe sehen. Aber das möglichst alleine. Ich möchte Nilma immer noch nichts von ihm verraten. Wie gesagt, die würde es überhaupt nicht verstehen. Sie ist noch nie verliebt gewesen. Und ich bezweifle, dass sich dies in den nächsten Jahren ändern wird.

Ich stehe gerade draußen auf dem Schulgelände und warte bis Nilma kommt. Sie war etwas langsamer mit Einpacken als ich gewesen. Doch jetzt kommt sie gerade auf mich zu. Dort ist eine Nilma und dort sind ein Leon und ein Naom (die aus Musik). Und dort ist ein Gabe. Schnell fokussiere ich den Blick wieder auf Nilma. Ein paar Meter hinter ihr sehe ich verschwommen Gabe, Nonan und John lang laufen. Als Nilma bei mir ist, bin ich zu sehr von ihr abgelenkt, sodass ich nicht mehr mitbekomme. wo sie als nächstes hingehen.

Nachdem die Schule endlich zu Ende ist, sehe ich die drei wieder, als ich gerade die Schultoilette verlasse. Ich bin alleine. Zum Glück. Cool lehnen sie an den Spinden und schauen auf ihre Handys.

Sie haben noch nicht Schluss und müssen noch zwei Stunden in der Schule bleiben. Ich drehe mich gerade um und will zum Ausgang gehen, als ich hinter mir Gabes Stimme höre:

"Hey, Maja. Warte mal."

Okay, ich wollte, dass er mich anspricht, aber ich hatte nie damit gerechnet, dass er es wirklich tut. Meine Augen weiten sich auf, doch im nächsten Moment drehe ich mich auch schon um und versuche möglichst normal wieder zu gucken.

"Du siehst echt hübsch aus."

Was ist bloß los?!!!! Wie kann es nur möglich sein, dass der hübscheste Junge mir gerade ein Kompliment macht, was ich ihm wohl eher machen sollte. Er ist immerhin hier der wesentlich hübschere.

Diese ganzen Gedankenfetzen blitzen in mir auf in wenigen Mini-Sekunden. Sie beschreiben meine Fassungslosigkeit und, dass ich im Moment nur noch von hier weg will, da es unheimlich unangenehm für mich ist. Und so mache ich mir Mut, indem ich nicht schüchtern bin, sondern Gabe spöttisch frage: "Was bin ich?! Hübsch?! Seit wann denn das?"

Leise antwortet er, während er auf den Boden starrt und mir zum Schluss fest in die Augen
schaut: "Das warst du schon immer. "

Fassungslos starre ich ihn an. Was redet er nur da? Gegen seine Schönheit bin ich doch nichts!

Doch langsam wird mir eiskalt bewusst, was für Komplimente er mir gerade gemacht hat. Nicht mal in meinen schönsten Träumen hätte es besser sein können. Zu schön, sodass ich mich frage, ob es Wirklichkeit ist.

"Du bist ganz anders als die anderen, Maja. Das mag ich an dir. Ich meine. du kannst wirklich richtig gut Flöte spielen. Ich dachte zuerst Flöte wäre so ein einfaches Instrument, aber dann habe ich dich gesehen und mich nur gefragt, wie es geht, dass man sich so viele Töne merken kann und die dann so schnell zu spielen. Ohne Fehler. Und bei jedem weiteren Mal, als ich dich gesehen habe, warst du besser und hast mich immer mehr mit deinem Talent überrascht. Und du gibst damit überhaupt nicht an. Du bist so unscheinbar. Aber nur am Anfang, dann sieht man dich bei irgendwelchen Veranstaltungen und ist umso mehr überrascht, nichts von dir zuvor gehört zu haben. Manchmal hat es sogar den Anschein, dass dir dein Talent gar nicht bewusst ist und genau deswegen wollte ich mit dir reden. Am Freitag kam das beim Restaurant nicht so bei dir überzeugend rüber. Also ich weiß es halt nicht, weil dein Gesicht nur versteinert war. Darum die Frage, ist dir dein Talent überhaupt bewusst? Und, dass du dich auf jeden Fall bei 'Superstar gesucht' anmelden solltest. Und dann wärst du berühmt, genau wie deine Eltern und vor allem wie dein echt beeindruckender Bruder. Und falls du dann dort gewinnst, hast du mir es zu verdanken."

Ein Lächeln huscht über sein Gesicht. Eigentlich müsste ich jetzt weiche Knien bekommen und sofort aufgrund von extrem erhöhten Herzschlag in Ohnmacht fallen. Oder mich wundern, dass er so genau über meine Familie Bescheid weiß, was eine Seltenheit ist. Außerdem müsste ich in Panik geraden, weil mein Gesicht versteinert ausgesehen hat. Doch das ist seltsamer Weise nicht der Fall. Mein Herz pocht nur laut und auf einmal sind mir diese Sorgen egal. Ich bin nicht wie die anderen Mädchen. Nein, ich bin Maja. Ein Mädchen, welches zwar schüchtern und unauffällig ist, aber dennoch Geheimnisse in sich birgt. Geheimnisse, welche andere zum Staunen bringen. Dieser Gedanke macht mir unglaublich viel Mut. Und so beantworte ich seine Frage, aber lasse dabei auch die Detektivin in mir zu Wort kommen: "Interessant, dass du mich so bewunders. Doch mir war bisher noch nicht bewusst gewesen, dass ich sogar bei 'Superstar gesucht' eine Chance hätte. Also ihr drei kommt vom Planeten Talenta, wie ich gehört habe. Aber was habt ihr so für angeborene Talente?", frage ich die drei mit der Hoffnung, dass sie sich verplappern und von ihrer Gabe erzählen und, dass sie diese in letzter Zeit auch illegal genutzt haben. Illegal - das ist nämlich cool. Und genau deswegen haben sie irgendein Talent von einer Person geklaut, um noch cooler zu sein. Ich muss nur herausbekommen, welches Talent es ist. Wenn sie jetzt zum Beispiel erzählen würden, dass sie HipHop können, dann wäre ich mir sicher, dass sie jemanden ausgenutzt haben.

Doch leider ist dies nicht der Fall, als Nonan antwortet: "Interessante Frage. Du willst natürlich auch über uns Bescheid wissen. Also hier ist unsere Adresse. Wir wohnen alle in dem gleichen Haus, aber in unterschiedlichen Wohnungen. Du kannst uns ja Mal besuchen kommen." Und so gibt er mir einen Zettel. Das wird ja immer verrückter. Jetzt werde ich sogar eingeladen, sie zu besuchen! Irgendwas stimmt hier gewaltig nicht.

"Also, kommst du uns Mal besuchen? Es ist wichtig, musst du wissen. Es gibt da ein paar Geheimnisse, die wir dir erzählen müssen. Und die werden wohl dein verblüfftes Gesicht erklären. Ist wirklich ein bisschen komisch, wenn dich auf einmal drei Jungs ansprechen und die dir dann auch noch einen Zettel mit ihrer Adresse geben. Aber jetzt guck bitte nicht mehr so entsetzt, sondern sag uns, ob du uns in den nächsten Tagen mal besuchen kommst. Es ist verdammt wichtig.", fordert mich Gabe auf. Erst jetzt fällt mir auf, dass mein Mund, seitdem ich diesen Zettel in der Hand habe, offen steht. Oh mein Gott, wie peinlich!

Doch es geht noch peinlicher, denn zum Antworten derer Frage komme ich nicht, da hinter mir eine Person erscheint.

"Hey, dort ist dein Bruder Robin."

Abrupt drehe ich mich um. Ja wirklich, vor mir steht Robin. Scheiße! Deswegen hat er gestern so hinterhältig gelächelt! Er will mich abholen, um zu schauen, ob ich nicht doch lüge. Und dabei hat er mich jetzt voll erwischt. Wieso musste er denn auch genau in diesem Moment kommen!

Bevor irgendjemand etwas sagen kann, tue ich dies: "Ach, hallo Robin. Und tschüss."

Schnell drehe ich mich noch mal beim Verabschieden um und dann schiebe ich meinen Bruder auch schon zum Ausgang. Leider stehen auf dem Hof noch jüngere Mädchen rum, die uns das Verlassen des Schulhofs erschweren, da sie ausrasten, als sie meinen Bruder sehen. Natürlich wollen sie ein Foto und ein Autogramm von ihm haben. Ein Mädchen fragt mich, ob ich Robins neue Freundin sei. Nein, geht' s noch?!

Erst nachdem jede von ihnen ein Foto bekommen hat und Robin genervt sagt, dass wir keine Zeit mehr hätten, lassen sie uns in Ruhe. Dann gehen wir lieber schnell zum Hauptausgang, bevor wir nochmals aufgehalten werden. Auf dem Weg dorthin, lässt Robin den Kommentar ab: "Und bei euch gibt es keine heißen Typen."

Er schüttelt seinen Kopf. Ich bin froh, dass er gerade eben nicht dazu gekommen ist, vor Gabes Augen - oder besser gesagt Ohren - diesen Kommentar abzulassen.

Am Haupteingang steht Lilli. Als wir im Bus sitzen, erzählt Robin ihr von gerade eben: "Auf frischer Tat ertappt."

"Erzähl, was ist passiert. Ich dachte, Maja, du wärst nicht verliebt. Aber keine Sorge, wir haben dir von Anfang an nicht geglaubt. Ich weiß, dass war ein bisschen gemein, aber wir beschlossen, dich heute nach der Schule zu besuchen und dich zu überführen. "

"Und das mit Erfolg. Als ich gerade das Schulgebäude betrat, sah ich wirklich gerade, wie Maja sich mit drei Jungs unterhielt. Ich glaube, dass waren sogar die drei gewesen, die im Restaurant am anderen Tisch saßen. "

"Die drei? Die waren doch voll hübsch. Von welchem Planeten stammen die, Maja?"

Wieso mussten mich die beiden abholen?! Wissen die denn nicht, wie peinlich das gerade für mich war und immer noch ist?!! Aber, da ich die beiden nicht noch Mal anlügen will, werde ich ihnen einfach die Wahrheit sagen.

"Sie kommen vom Planeten Talenta."

"Das ist ja krass. Und auf welchen von ihnen steht sie? Ich fand ja den mit blonden Haaren ganz süß."

Das ist Nonan. Auf diesen Kommentar erntet Lilli einen verwirrten Blick von Robin. Doch dann erzählt er weiter. Ich sitze still neben ihnen und bedaure mein Leben.

"Ich glaube, der mit den schwarzen Haaren. Also ich weiß nicht, ob sie schon zusammen sind. Auf jeden Fall hat dieser Junge Maja irgendwas gefragt, was verdammt wichtig sein soll. Mehr habe ich nicht verstanden. Auf jeden Fall hatte Maja einen Zettel in der Hand gehabt. Was war das für ein Zettel?"

Als wir gegangen sind, habe ich den Zettel sofort in meine Hosentasche gepackt. Sie dürfen auf keinen Fall wissen, was das für ein Zettel ist. Also werde ich wohl wieder lügen müssen. Eigentlich hasse ich das Lügen.

"Also erst einmal: ich bin nicht mit diesem Jungen zusammen und auch mit keinem anderen. Wieso sollten sie auch mit einer Streberin zusammen sein wollen? Sie haben mich einfach nur gefragt, ob sie ihre Hausaufgabe in Physik richtig gemacht haben. Und mir den Zettel zum Nachprüfen gegeben."

"Zeig mal her."

Also ziehe ich aus meiner Hosentasche einen Zettel

hervor. Hoffentlich greife ich den richtigen. Unter anderem habe ich auch den Zettel von meiner Mutter mit dem Passwort vom Keller der Universität mit. Aber zum Glück greife ich den richtigen Zettel. Wir haben nämlich heute einen Test in Physik geschrieben, sodass sich die Streberin auf einen Zettel ein paar Sachen aufgeschrieben hat, den ich jetzt Robin gebe. Ich weiß nicht, ob sie mir das abkaufen. Das ist das Blöde am Lügen, wenn man der Lüge nicht traut und nachforscht, kann man schnell herausbekommen, dass es sich wirklich um eine Lüge handelt. So könnten sie einfach anhand der Handschrift feststellen, dass es meine Schrift ist und nicht die von den Jungs, wie es eigentlich sein müsste. Und als ob ich den Stoff von Physik aus der elften Klasse können würde. So schlau bin ich dann auch wieder nicht. Vielleicht sollte ich ihnen doch noch etwas von dem Wahren erzählen. Aber die Zettelgeschichte werde ich unter keinen Umständen aufklären, denn die Jungs wollen mir immerhin ein Geheimnis anvertrauen. Was das wohl für ein Geheimnis sein könnte?

"Okay, das war nicht die ganze Wahrheit und ich habe es satt euch anzulügen. Ich finde diesen

Jungen echt hübsch und ihr habt Recht, dass man in unserem Alter nach der Liebe Ausschau hält. Ich bitte euch, dass ihr dies unter keinen Umständen weiter sagen werdet."

Auch wenn ich mich zwingen musste, die Wahrheit zu sagen, bin ich überzeugt, dass es richtig war und fühle mich erleichtert, endlich jemanden von meiner Liebe zu erzählen.

"Wir wollten nur ein bisschen mehr über dich erfahren, vor allem, da es so verlockend war, deine Lüge aufzuklären. Keine Sorge, wir verraten nichts.", verspricht mir Lilli. Und somit ist das Thema auch schon abgehakt und ich kann endlich wieder aufatmen.

Dann nach fünf Minuten einfach nur abschalten, passiert endlich mal etwas Interessantes. Eine etwas ältere Frau steigt ein. Wir sitzen in der Nähe vom Eingang, sodass ich alles sehr gut beobachten kann.

Als der Bus anfährt, fällt die Frau hin. Mit dem Po landet sie laut auf dem Boden. Sofort hält natürlich der Busfahrer an und da springe ich auf, um der Frau mit ein paar anderen Leuten beim Aufstehen zu helfen. Es ist eine sehr freundliche alte Dame. Ehrlich gesagt schon zu freundlich dafür, dass sie gerade hingefallen ist. Die Fallfrau lächelt mich einfach nur an und man merkt nichts von ihren Schmerzen, die sie haben müsste. Daher vermute ich, dass diese Frau von einem Planeten stammt, worüber ich erst letztens eine Doku gesehen habe. Den Namen davon habe ich mir nur leider nicht gemerkt. Er wurde nur kurz am Anfang erwähnt.

In dieser Doku lernt man viel über Bewohner von Magenta, die es eher selten gibt. Die Fallfrau könnte nach der Doku in echt Aussehen wie ein Kind. Ein Kind, welches in Wirklichkeit schon sehr alt ist. Die Bewohner dieses Planetens bleiben in den Körper eines Kindes und besitzen die besonderen Eigenschaften von Kindern. Sie sehen alles positiv und nicht so kompliziert, wie es bei älteren Menschen der Fall ist. Es könnte gut möglich sein, dass es sich bei dieser älteren Frau in Echt um ein kleines Kind handelt, denn sie ist fröhlich. Zu fröhlich. Immerhin lächelt sie mich an, als wäre sie gerade nicht hingefallen. Sie bedankt sich nun bei mir.

Nachdem wir dann endlich Zuhause sind, überlegen Lilli und Robin, was sie nur gegen diese Macht von hier aus unternehmen können. Sie werden erst am Mittwoch wieder wegfliegen. Ich sitze bei ihnen und höre ihnen zu. Jetzt verstehe ich die ganze Problematik schon vielmehr. Die Hexen befürchten ja eine Macht, - nennen wir sie „Schrecklich" - die das Gleichgewicht von ihrem Planeten durcheinander bringen wird. Noch mehr, als das Gleichgewicht jetzt schon gestört ist. Und wahrscheinlich wird dies bei anderen Planeten demnächst auch passieren, wenn Schrecklich nicht aufgehalten wird. Doch was ist diese Macht überhaupt? Es wird vermutet, dass es sich um ein Geschöpf handelt, welches an die Macht über das gesamte Universum gelangen will. Erst ein Planet, dann den zweiten und immer schneller mehr Planeten. Bis zum Schluss alle Bewohner auf allen Planeten verenden werden, da Schrecklich alles durcheinander bringen wird, was wiederum das empfindliche Gleichgewicht auseinander bringt.

Aber mit dem Planeten Zaubie hat Schrecklich sich dafür keinen leichten Anfang ausgesucht.

Es gab schon immer Geschöpfe, die diese Macht wollten. Aber bisher konnten die Mirianer sie immer aufhalten. Doch jetzt befürchten die Hexen, dass die Mirianer Schrecklich nicht gewachsen sind. Mirianer sind zwar schlau, sehr intelligent und durch ihre hochentwickelte Technik gut ausgerüstet - Immerhin sind sie zurzeit die Macht im Universum, die alles regelt und das Gleichgewicht schon seit vielen Jahren pflegt. - Aber gegen dieses Geschöpf haben Mirianer keine Chance.

Die Hexen sehen es daher als ihre Aufgabe, ganz alleine

gegen diese Magie anzutreten. Nur Magie gegen Magie hat eine Chance. Ich weiß, es klingt irgendwie krass, dass die Mirianer vorerst nichts unternehmen werden und bisher auch nur sehr wenige von der Gefahr überhaupt Bescheid wissen. Aber es würde nur zu Panik kommen, die alles durcheinander bringen würde. Die Hexen haben eine Idee, doch diese muss geheim bleiben, sonst nützt sie uns nichts. Schrecklich könnte uns sonst alle auslöschen. Außerdem brauchen die Hexen die Unterstützung von meinem Bruder. Natürlich, er hat ja von Magie viel Ahnung. Ihr Plan ist folgender: Sie wollen der Macht ein Geschenk machen. Schrecklich besitzt keine Gestalt, jedenfalls ist nichts davon bisher bekannt. Wie Schrecklich aussieht, weiß niemand. Vielleicht kann es seine Gestalten ändern, wie meine Mutter. Vielleicht besitzt es auch einfach gar keine Gestalt und ist unsichtbar. Es ist unbekannt. Doch man weiß eines: Und zwar gibt es neben den Hexen ein weiteres Wesen, welches das Gleichgewicht schützt. Es ist ein hübsches, schlaues, nicht alterndes Mädchen. Ihr Name ist Amelia. Sie weiß genau, wie viele Kreaturen es von einer Art geben muss, damit das Leben auf dem Planeten Zaubie funktioniert. Sie selber war die Schöpfung dieses Planetens und kann daher sogar mit Mutter Natur verglichen werden. Alle Phantasiegeschöpfe, die auf der Erde in den Köpfen der Menschen existieren, gibt es hier. Doch ganz allein Amelia hat vor vielen Jahren ein System entwickelt, wie genau diese Kreaturen miteinander leben. Welche ganz am Anfang der Nahrungskette stehen, wer ganz am Ende, welche Kreaturen von anderen gegessen werden, ob Einhörner in der Nähe von Vampiren leben. Und vieles mehr. Es gibt so viel zu beachten. Ich fragt euch jetzt sicherlich, wo denn diese Geschöpfe auf einmal her kommen und wie Amelia überhaupt auf diesen Planeten gelangte. Aber es war kein langer Prozess der Leben ermöglichte, sondern einfach nur Magie. Sehr starke Magie. Magie, die vieles unlogische möglich macht. Und wodurch Amelia ohne Mutter geboren wurde. Denn ihre Mutter ist ihr Heimatplanet Zaubie. Alle Fähigkeiten waren angeboren, die erforderlich waren, um ein gut funktionierendes System zu entwickeln.

Außerdem steckt in Amelia so viel Magie, dass sie alle Geschöpfe, die in ihrem Kopf existieren, in Nullkommanichts erschaffen konnte. Dieses System beobachtete sie anfangs und stellte fest, dass sie gute Arbeit geleistet hatte. Daraufhin beschloss sie, sich im Märchenland einzuschläfern, wie bei Dornröschen. Nur dass das Aufwecken nicht durch einen Kuss der wahren Liebe möglich ist, sodass es wesentlich schwerer ist, sie wach zu bekommen. Amelia ist ein weises Mädchen. Sie wusste, dass es ihre einzige Aufgabe war, diesen Planeten mit viel Leben zu erschaffen. Das hatte sie getan, also war der Sinn ihres Lebens erfüllt. Sie war überhaupt nicht machtgierig. Dennoch gab sie den Hexen die Möglichkeit, sie mithilfe einer Zauberformel, die nur sie beherrschen, im Notfall aufzuwecken.

Dann, wenn irgendwas nicht stimmt und Gefahr droht, so wie jetzt.

Amelia wurde bereits von ihnen aufgeweckt und weiß nun über die Situation Bescheid. Sie wird sich für die Macht opfern. Die Hexen vermuten, dass es männlich ist und sich die Macht daher über eine Assistentin freuen wird. Nach der Prophezeiung der Hexen wird Schrecklich am Mittwoch alle Kreaturen einfangen und dann auf grässliche Weise töten und zwar so, dass die

Bewohner von allen anderen Planeten überrascht werden und voller Angst und Panik alles noch schlimmer machen. Doch das wird hoffentlich nicht passieren, denn Amelia will um Erbarmen betteln.

Sie würde alles dafür tun, dass ihr Planet so erhalten bleibt, wie sie ihn kreiert hat. Und wenn sie dann der Macht gehört, wird sie diese aufhalten können. Amelia kann jederzeit Geschöpfe kreieren, die sie beschützen und außerdem wird sie alle Geschöpfe vom Planeten Zaubie zur Unterstützung haben. Und deswegen darf die Macht nichts davon wissen. Denn wenn dies der Fall wäre, würde Schrecklich Amelia erst gar nicht in Besitz nehmen. Denn nur sehr wenige wissen über die Schöpferin dieses Planetens überhaupt Bescheid. Die Macht wird nur wissen, dass es mit diesem Mädchen an seiner Seite noch mächtiger ist. Es ist ein Plan, der gefährlich scheint. Außerdem ist dieser Plan noch lange nicht vollendet, da es davon abhängt, wie Schrecklich handelt. Wie wird die Macht sich wohl gegen Amelia wehren? Es könnte schlecht ausgehen, aber es bleibt uns wohl keine andere Wahl. Oder doch? In diesem Moment fällt mir die Waffe ein, von der meine Mutter mir beim Restaurant erzählt hat. Also meine ich zu den beiden: "Aber gibt es nicht irgendeine Technik, die behilflich sein könnte. Ich habe von einer Waffe gehört, mit der man Wesen töten kann, egal wie stark diese sind. "

"Da hast du Recht. In der Universität, wo Annabell arbeitet, gibt es tatsächlich solche Waffen, aber diese Macht weiß sicherlich davon und es könnte sein, dass es sich zur Sicherheit geklont hat. Wir wissen es nicht und das bereitet uns so viele Sorgen. Wir wissen fast nichts über diese Macht.", erklärt mir Lilli.

"Wir können übermorgen wieder zurückfliegen. Also

genau dann, wenn sie Hilfe brauchen werden." Robin klingt etwas besorgt. Aber seine Sorge ist berechtigt. Bisher hatte er immer Glück gehabt. Und da könnte es ja sein, dass dieses Mal sein Glück ihn verlässt und er sehen wird, dass seine Abenteuer auch nur so lange Spaß machen, so lange man keine Schäden davon nimmt. Ich hoffe einfach, dass sein Glück immer noch da ist.

Nach einer Weile erscheint Papa. Voller Vorfreude strahlt er uns an. Wie ein kleines Kind. Mama müsste jeden Moment von der Arbeit wieder kommen und dann wollen wir zu fünft den vorletzten Abend zusammen genießen, indem wir ins Kino fahren. Ja auch das gibt es hier. Aber es ist eine Seltenheit. Filme zu schauen, ist allgemein nicht so üblich. Und daher freut sich mein Vater besonders. Endlich Mal wieder ins Kino gehen! Der Film ist irgendein typischer Menschenfilm mit viel Gekämpfe, aber trotzdem mit Liebe. Mein Vater war das letzte Mal mit 15 im Kino gewesen. Doch wir müssen noch etwas warten bis Mama wiederkommt. Wahrscheinlich hat sie auf der Arbeit noch viel zu tun. Zur Zeit haben sie ja immerhin allerhand Probleme, die beseitigt werden müssen. Deswegen finde ich es auch verständlich, dass sie immer noch nicht da ist. Mein Vater sieht das dagegen ganz anders. Er will pünktlich sein. Sonst ist ihm das nicht so wichtig. Aber für ihn ist es eben etwas Besonderes. Trotzdem ist sein Kommentar, den er gerade von sich abgibt, total übertrieben: "Kann Annabell jetzt nicht mal langsam kommen?! Pünktlichkeit ist ein Zeichen von Respekt!" "Na, das sagt der Richtige. Vor allem, da ja Mama immer sonst die ist, die nie zu spät kommt.", entgegne ich meinem Vater.

"Papa, dir ist schon bewusst, dass es sich um 5 Minuten handelt, die Mama bis jetzt zu spät ist,

oder?" fügt Robin hinzu.

"Wahrscheinlich ist es heute in der Luft etwas voller und sie kommt nicht so gut durch den Verkehr."

"Nein Lilli, du verstehst das nicht. Ich habe das Gefühl, dass nun wieder etwas passieren muss,

etwas Schlimmes. Was ist, wenn man jetzt nicht mehr so gut durch den Verkehr kommt, weil es einen Unfall gab und zwar einen Unfall bei dem Annabell das Opfer gewesen ist?"

Nein jetzt fängt das schon wieder an! Vor 30 Jahren hat mein Vater ja diesen Zettel mit den Zahlen bekommen. Sie beschreiben sein Leben. Dies haben die ersten 5 Zahlen, die 3, 0, 0, 69 schon getan, doch jetzt beschreibt schon seit 30 Jahren eine einzige Zahl sein Leben. Und zwar die Zahl acht. Es liegt daran, dass in diesen vielen Jahren nicht sehr viel Besonderes passiert ist.

Außer natürlich die Geburt von uns beiden. Aber die Zahl acht beschreibt nun eben die Gerechtigkeit und die Harmonie. Bisher ist alles ausgeglichen. Doch das wird sich ändern. Denn die nächste Zahl, die 1, steht für Rücksichtslosigkeit. Also für irgendetwas Negatives. Aber auch für unerwartete Dinge und für alles was noch im Menschen schlummert. Außerdem beschreibt sie etwas Neues, einen Neuanfang, also eine Veränderung. Und deswegen hat mein Vater solche Angst, dass etwas Schlimmes passieren wird. Das Problem ist, dass wir nicht wissen wann dies eintreffen wird.

Und so war es schrecklich peinlich, also mich mein Vater vor 7 Jahren von der Schule abholen musste. Damals bin ich schon mit vielen anderen Kindern alleine mit dem Bus gefahren. Natürlich hatten meine Eltern immer Angst, mir würde etwas zustoßen, obwohl Robin zu diesem Zeitpunkt schon wesentlich beängstigendere Sachen durchmachen musste. An diesem Tag vergaß mein Vater, dass ich später von der Schule kommen würde. Also machte er sich Sorgen, wo ich nur sein könnte und beschloss in die Schule zu fahren. Aber, nein er hat mich nicht einfach gesucht, sondern ist überall herumgelaufen und hat jeden, der ihm über den Weg gelaufen ist, nach mir gefragt, egal ob mich diese Person überhaupt kannte. Nach dieser Aktion war ich dann allerdings bei allen bekannt. Maja - das Mädchen mit einem merkwürdigen Vater, der sich sofort Sorgen um seine kleine Tochter macht. Zum Glück ist diese Geschichte bei den meisten schon wieder aus den Köpfen leer gefegt. Die Zeit lässt Menschen vieles vergessen. Doch ich werde immer noch wütend auf meinen Vater, wenn ich daran denke. So wie jetzt.

Wütend blaffe ich ihn an: „Dad, hör bitte sofort auf, uns so was einzureden. Es gibt doch zur Zeit genug andere Probleme, die uns beschäftigen."

Bevor er sich verteidigen kann, lässt Robin sein Senf auch dazu ab: „Diese Zahlen kannst du sofort wieder vergessen! Du verstehst den Sinn dahinter einfach nicht! Sie beschreiben zwar dein Leben, aber ziemlich ungenau. Hör auf, dich daran festzuhalten."

„Sie beschreiben mein Leben sehr genau!"

„Hör auf, mich zu unterbrechen! Es geht nämlich darum, dass du nicht die ganze Zeit warten kannst, bis endlich diese Zahl eintrifft. Wenn du darauf extra wartest bis etwas Schlimmes passiert und ganz gezielt danach Ausschau hältst, dann passieren diese Dinge nämlich wirklich, in einem viel größeren Ausmaß, als es eigentlich vorgesehen war."

„Diese Zahlen haben das Leben von mir und Annabell gerettet. Ohne sie wärst du gar nicht hier."

„Du verstehst es einfach nicht! Viele Leute haben ihr Leben zerstört, nur weil sie nach diesen Zahlen gelebt haben und zwar so schlimm, dass sie sich damit in den Tod gerissen haben!"

„Nein, du verstehst es einfach nicht!! Diese Zahlen beschreiben nur das Leben von einem. Und dieses Leben ist wie es ist und daran ändert sich auch nichts, wenn man nach den Ereignissen Ausschau hält!"

„Was redest du denn schon wieder für einen Mist!! Natürlich wird dein Leben nicht nur durch diese Zahlen beschrieben, sondern auch bestimmt!"

„Nein, tut es nicht!"

„Vorher willst du das denn wissen?! Wer hat denn hier sein Leben lang mit Hexen zusammen gelebt, die diese Zahlen aufschreiben?!"

„Und welche Zahlen beschreiben hier denn ein Leben?!"

„Du bist wirklich ein hoffnungsloser Fall!"

„Hör auf, so mit deinen Vater zu reden."

„Also die Zeit mit meiner Familie wollte ich auf jeden Fall anders verbringen...."

Lilli und ich sehen gespannt dem Streit zu. Der erste Streit zwischen den beiden, jedenfalls dass ich mich erinnern kann. Lilli traut sich wahrscheinlich nicht, dazwischen zu gehen. Sie hat sicherlich Angst, etwas Falsches zu sagen. Immerhin geht es hier um ihren Freund und um den Vater von ihren Freund. Bei mir, dagegen wäre es eine ganz andere Angelegenheit. Ich könnte dazwischen gehen, doch dagegen schaue ich völlig gedankenverloren in der Gegend rum. Mir ist völlig egal, welche von den beiden Theorien zu den Zahlen stimmt. Und mir ist auch egal, wie das Gespräch weiter verläuft. Ich habe schon längst aufgehört, den beiden zu zuhören. Denn eines ist mir klar geworden: Mein Vater hat recht. Damit, dass wirklich etwas nicht mit meiner Mutter stimmt, auch wenn sie erst 10 Minuten verspätet ist, irgendwas muss mit ihr passiert sein. Allerdings denke ich nicht, dass es sich um einen Autounfall oder Ähnliches handelt, denn ich weiß mehr, als mein Vater zur Zeit weiß.

Der einzige Gedanke, der schon seit einer Minute in mir schwirrt, ist, dass ich hier weg muss. Und zwar sofort. Nur ich weiß das Passwort zum Keller von der Universität. Dieses unnütze Gespräch kann ich mir nicht länger anhören. Also beschließe ich, umgehend den Raum zu verlassen. Vielleicht hätte ich mir noch irgendetwas mitnehmen sollen, doch dieser Gedanke hat gerade kein Platz in meinem Kopf. Robin und mein Vater bekommen mein Verschwinden nicht mal mit. Die einzige die dies tut, ist Lilli. Doch sie ist mir völlig gleichgültig. Ich reiße die Tür auf und renne einfach. Ich renne die Straße entlang. Ich habe keine Ahnung wohin. Einfach nur weg. Dann merke ich, dass eine Jacke um diese Uhrzeit auch nicht schlecht gewesen wäre. Aber zurück geht jetzt nicht mehr. Also bleibe ich erst einmal stehen und schnaufe. Langsam kommt mein Verstand wieder zurück und mir wird erst jetzt bewusst, was für ein Wille in gerade mich gefahren ist. Ich bin einfach weggelaufen! Sofort bekomme ich ein schlechtes Gewissen. Doch dann meldet sich wieder die Maja in mir, die mir Mut macht. Ich kann nicht immer brav sein. Nicht, wenn es darauf ankommt. Ich muss meine Mutter retten. Sie ist in Gefahr. Das weiß ich.

6. Kapitel: Meine Liebe

Dann fällt mir zum Glück wieder ein, dass ich ja noch den Zettel von Gabe habe. Also werde ich wohl zu ihm laufen müssen. Doch ich renne lieber dorthin, anstatt zu gehen, da dadurch die Zeit für den Weg kürzer ist, wo ich nur nervös werde und ich außerdem nicht so lange frieren muss.

Als ich angekommen bin, zögere ich kurz, bevor ich die Klingel mit dem Namen Bason drücke. Ist diese Idee wirklich gut? Aber jetzt ist es eh schon zu spät und so drücke ich die Klingel, laufe die Treppe hoch und stehe vor der Tür von Gabe´s Wohnung. Dann öffnet er auch schon die Tür und sieht mich mit einem Lächeln an.: „Ich wusste, dass du kommen würdest." Doch dann fällt ihm auf, dass ich geweint habe, also fragt er, was passiert sei. Er merkt aber zum Glück, dass ich nicht sofort darüber sprechen möchte und so betrete ich erst einmal das Wohnzimmer, wo auch schon die anderen beiden an einem Tisch sitzen. Sie sind anscheinend bei ihm gerade zu Besuch.

Es kommt mir komisch und unangenehm vor, als ich mich zu ihnen setze. Ich bin ganz alleine bei drei Jungs zu Hause, welche ich nicht besonders kenne. Und außerdem sind sie wesentlich hübscher und cooler als ich. Aber da muss ich jetzt durch.

Dann fängt Nonan an: „Kommen wir gleich zur Sache. Es gibt da etwas sehr Wichtiges, das wir dir erzählen wollen und wir brauchen deine Hilfe. Und zwar fürchtet sich nicht nur der Planet Zaubie vor einer großen Macht, die für die meisten noch unbekannt ist. Auch wir vom Planeten Talenta haben Angst. Es gibt Leute von uns, die die Zukunft vorhersagen können, da sie sich vor langer Zeit die Talente von Hexen geklaut haben. Gleich nach dem Auslöschen des Planeten Zaubie, sind wir an der Reihe."

"Aber Nonan, erzähle ihr doch nicht sofort, worum wir sie bitten wollen. Siehst du nicht, dass das arme Mädchen geweint hat. Sie wird uns erst mal erklären, was denn passiert ist. Eins nach dem anderen."

Armes Mädchen. Ja, das stimmt gerade wahrhaft. Aber kann ich diesen Jungen wirklich vertrauen? Es ist so seltsam hier zu sein. Ich kann es nicht glauben, dass ich in der Wohnung von drei fast fremden Jungen sitze. Und in den einen bin ich auch noch verliebt. So sehr sogar, dass es mich schon wieder nervt. Immer wenn ich ihn anschaue, vergesse ich alles um mich herum. Alles fühlt sich dann auf einmal so wunderbar an. Aber genau das ist es eben! Gerade ist überhaupt nichts toll. Ich muss klar denken und genau deswegen werde ich versuchen, dieses Gefühl zu verdrängen. Wenn ich Gabe nicht anschaue, geht das sogar. Deswegen sollte ich versuchen, nicht in sein wunderschönes Gesicht zu schauen. Hätte er nicht hässlicher zur Welt kommen können? Ich stehe auf und schaue beim Reden auf ein Bild, das neben mir hängt. Es ist ein Bild mit einem großen Vogel drauf, wie er durch die Lüfte schwebt. Das würde ich jetzt auch gerne. Einfach nur fliegen. Sorgenfrei.

"Eine wirklich schöne Wohnung hast du, Gabe. Wohnt ihr alle getrennt in den Wohnungen alleine?"

"Ja, jeder für sich alleine. Alle unsere Eltern kamen nicht mit.", antwortet mir John.

"Ihr müsst mir helfen. Ich weiß nicht, was ich machen soll.", plötzlich kann ich mich nicht mehr halten und erzähle ihnen alles. Davon, dass ich einfach weggerannt bin ohne meinen Eltern Bescheid zu sagen und dass meine Mutter vermutlich in Gefahr ist. Und davon, dass ich überhaupt keinen Plan habe, was ich jetzt als nächstes tun soll.

Von der Universität und den hochentwickelten Pistolen habe ich auch erzählt. Sie könnte eventuell unsere einzige Hoffnung sein. Wer weiß, was mit meiner Mutter passiert ist. Ich hoffe Gabe und seine beiden Kumpels können mir helfen. Wir wollen jetzt als aller erstes in die Universität fahren, wo auch meine Mutter arbeitet. Vielleicht ist sie ja dort. Auf jeden Fall werden wir dort mit hoher Wahrscheinlichkeit mehr erfahren. Und so könnten wir vielleicht auch dem Planeten Talenta helfen.

Meine Beine tun weh, mir ist kalt und außerdem macht mir mein schlechtes Gewissen zu schaffen.

Der eine Bus ist ausgefallen, sodass wir die zweite Strecke zur Universität laufen müssen. Auch wenn ich eine Jacke von Gabe anhabe, friere ich gerade extrem. Meine Zähne zittern. Nein, eigentlich kann man sagen mein ganzer Körper zittert. Wir laufen schon gefühlt eine halbe Ewigkeit so herum. Doch jetzt kommt plötzlich noch der blöde kalte Wind hinzu, wodurch die Temperatur gleich auf 10 °C sinkt. Ich glaube, das Schlaueste wäre es jetzt, mich abzulenken. Je länger ich nämlich hier noch laufe, umso mehr habe ich das Verlangen, mich einfach umzudrehen und nach Hause zu laufen. Auch wenn der Weg zurück noch weit ist. Denn das was ich gerade mache, fühlt sich nicht gerade richtig an. Nur wenn ich daran denke, wie sie sich

Sorgen machen, will ich sofort umkehren. Wie lange es wohl dauert, bis sie mitbekommen, dass ich nicht mehr da bin. Auf der anderen Seite können mir diese Jungs deutlich besser helfen, als mein Vater, der es ja eher bevorzugt, sich mit seinem Sohn zu streiten, den er ja nur zweimal im Jahr sieht. Diese Wut treibt mich weiter voran. Doch zur Ablenkung frage ich nun: "Wieso habt ihr drei eigentlich alle keine Freundin?" "Frage zurück: Wieso hast du keinen Freund?", entgegnet mir Gabe.

"Ja, aber bei mir ist das doch was ganz anderes. Ich bin doch gar nicht so... ".

Ich wollte attraktiv sagen, doch dazu kommt es nicht, weil Gabe plötzlich stehen bleibt, sich umdreht und daher mitbekommt, dass ich total friere. Es ist mir sogar etwas peinlich, dass mir mit meiner fetten Jacke so kalt ist, während Gabe mit seiner dünnen Jeansjacke überhaupt keine Anzeichen von Kälte zeigt. Hätte ich mal lieber nicht angefangen mit Reden, denn meine zitternde Stimme hat mich verraten. Ohne etwas zu sagen, zieht Gabe seine Jacke aus und reicht sie mir hin. Ich will natürlich sofort, dass er seine Jacke wieder anzieht. Er hat nur ein dünnes T-shirt an und an seinen nackten Armen bildet sich sofort eine Gänsehaut. Nach einem kurzen Zögern, zieht er zum Glück seine Jacke wiederwillig an. Doch dann nimmt er mich in seinen Arm und mir wird sofort warm. Ich bin total überrascht. Es fühlt sich wunderbar an. Am Anfang jedoch etwas unwohl, aber je länger wir so laufen, umso schöner fühlt es sich an. Es ist zwar etwas umständlich so zu laufen, aber das ist mir gerade vollkommen egal. Davon habe ich schon immer geträumt. Gabe und ich. Wir zwei einfach nur eins. Doch in meinen Vorstellungen waren es einfach absurde Einfälle, die eh nicht eintreffen werden. Dachte ich. Doch jetzt laufe ich hier mit meinem Traumtypen und es fühlt sich noch tausend Mal schöner an, als ich es mir je vorgestellt hätte. Das muss wohl Liebe sein. Liebe. Ein so schönes, wunderbares Gefühl. Dann flüstert er in mein Ohr: "Wir haben keine Freundinnen, weil wir auf die Richtige warten. Und diese Richtige nimmt sich Zeit."

Im Bürozimmer von meiner Mutter ist alles leer. Keiner ist mehr da. Das bedeutet, dass auf jeden Fall etwas nicht stimmt, denn sonst wäre die Tür vom Eingang der Universität verschlossen gewesen und wir wären nicht hier rein gekommen.

"Lasst uns die Pistolen aus dem Keller holen.", schlägt John vor.

"Aber was ist, wenn wir zu voreilig sind?", gebe ich zu Bedenken. Denn ich bin immer noch mit der ganzen Situation überfordert.

"Was willst du sonst machen?". Ja, da hat John wahrscheinlich Recht. Das ist das einzig Sinnvolle, was wir überhaupt machen können.

Und so gehen wir in den Keller. In meiner Hand den Zettel mit dem Passwort. Dann sind wir auch schon drinne. Es stapeln sich haufenweise Kisten neben vielen Vitrinen, welche chemische Substanzen beinhalten. Gabe entdeckt als erster den Schrank mit den Pistolen, die ehrlich gesagt nur mit viel Fantasie überhaupt wie Pistolen aussehen. Es sind zwei Stück, die sich jetzt Nonan und John schnappen. Dann beginnt Nonan mit Aufklären: "Danke, Maja. Du hast uns gerade wirklich einen schönen Gefallen getan. Dadurch haben wir uns jetzt nämlich alle Gefahren aus dem Weg geschaffen, die uns daran hindern könnten, das Talent deiner Mutter zu klauen. Sich zu verwandeln, könnte uns nämlich allerhand Vorteile bringen. Wir wissen übrigens auch ganz genau, wo deine Mutter steckt. Sie wird bestimmt nicht gerade erfreut sein, wenn sie erfährt, dass ihre Tochter jetzt auch in Gefahr ist. Du hättest uns vielleicht noch gefährlich werden können mit diesen Pistolen. Doch das hat sich jetzt gegessen."

Ich stehe wie angewurzelt da und blicke sie fassungslos an. Unbewusst öffnet sich mal wieder mein Mund. Ich kann nicht glauben, was gerade passiert ist. Mir rutscht ein: " Ach, du Scheiße!" raus. Nonan und John lächeln. Ihnen macht das anscheinend sehr viel Spaß, kleinen Mädchen Angst einzujagen. Gabe packt mich am Arm und zieht mich in einen anderen Raum, um mich dort einzusperren. Dabei spricht er zu mir: "Weißt du, was mir an dir gefällt? Dass du so wenig Widerstand leistet. Dein Bruder hätte schon längst getreten und versucht zu entfliehen. Und wer weiß, wahrscheinlich hätte er es ja auch geschafft. "

Ich bin gerade so sauer auf ihn. Er weiß ganz genau, wie er mit meinen Gefühlen spielen kann.

Er weiß, dass es mich nervt, wenn man mich als hilflos und schwaches Mädchen darstellt. Nur

dieses Mal werde ich nicht mitspielen. Er darf nicht merken, dass mich dieser Kommentar gerade sehr wütend gemacht hat. Deswegen meine ich frech: "Ich bin nun eben ein sehr höfliches Mädchen."

"Ich weiß. Deswegen wollte ich ja auch derjenige sein, der dir die Liebe vorspielt."

"Um das Vertrauen zu gewinnen. Keine dumme Idee, aber sehr gemein. Woher wusstest du so viel über mich?"

"Na was denkst du denn? Ich komme vom Planeten Talenta. Du hast ja jetzt genügend Zeit drüber nachzudenken. Sicherlich kommst du auf die Person, die wir ausgenutzt haben. Ich gebe dir einen Tipp. Es war jemand aus deiner Klasse."

Mit dieses Worten schließt er den Raum ab und verschwindet. Sofort schießen mir Tränen in die Augen, welche ich die ganze Zeit unterdrücken musste. Ich weiß überhaupt nicht, was ich jetzt machen soll.

7. Kapitel: Die Wendung

Mein Bruder würde auf jeden Fall nicht weinen und nutzlos dasitzen. Er würde sich einen Plan überlegen. Doch ich kann gerade überhaupt nicht klar denken. Diese Wendung kam gerade so plötzlich und unerwartet. Gerade hatte sich mein Leben noch sinnvoll angefühlt, doch jetzt fühlt es sich einfach nur nutzlos an. So leer, trocken und dumm. Ein tiefes Loch ist dort, wo vor kurzem noch mein Herz aufgeregt geschlagen hat. Für mich ist die Tatsache, dass ich gerade gefangen bin, genau wie meine Mutter, im Augenblick nicht so schlimm wie der Gedanke, dass mich Gabe betrogen hat. Ein schwerer Klumpen sackt in mir, der sich langsam löst, je mehr ich weine. Genau den hatte ich mir vorgenommen zu vermeiden: Liebeskummer. Das muss wohl Liebe sein. Liebe, ein so schreckliches, hässliches Gefühl.

Ich weine und weine. Mein Zeitgefühl ist völlig verschwunden. Vielleicht weine ich schon eine halbe Stunde, vielleicht auch schon länger. Es fühlt sich an, als wäre ich hier in diesem kleinen Abstellzimmer verloren. Mir fällt auf, dass ich mein Handy auch Zuhause liegen gelassen habe.

Was kann ich eigentlich?! Das einzige, was ich immer bei mir habe, ist meine Flöte. Diese kann ich so klappen, dass sie in einen kleinen Kasten hinein passt, welcher sich immer in meiner Hosentasche befindet. Ich setze die Flöte an meine Lippen und fange an, eines meiner Lieblingslieder zu spielen. Diese Ablenkung tut unglaublich gut. Schon nach dem ersten Lied geht es mir viel besser. Unglaublich, wie Musik tiefe Wunden heilt. Nun kann ich auch wieder klar denken. Welche Person hat Gabe vorhin gemeint? Dann wird es mir mit einmal alles bewusst. Die Person ist Hannes. Ein recht netter Kerl aus meiner Klasse mit blonden Haaren, kommt vom Planeten Gehörium und kann alle noch so leisen Geräusche hören. Das muss der Junge sein, über den sie beim Restaurant gesprochen haben. Das heißt, er wird hier auch irgendwo gefangen gehalten. Und durch ihn konnten sie alle Gespräche mithören. Und deswegen wusste er auch die Geschichte von meiner Musiknote. Am Freitag als Nilma und ich uns an der Bushaltestelle unterhalten haben, haben sie alles mitgehört! Gabe wusste, dass, wenn er die selbe Meinung hat wie ich, mein Interesse an ihn geweckt würde. Dachte er. In Wahrheit war mein Interesse an ihm schon längst da gewesen. Sie haben es gehört, als mir meine Mutter vor dem Restaurant von dem Zettel für die Universität erzählt hatte. Sie haben mich nur in ihre Wohnung eingeladen, damit ich ihnen von den Pistolen erzähle. Und ich war das Mädchen, über das sie im Restaurant geredet haben. Dann war mit den Wörtern: "hübsch und cool", welche ich nur bei John verstanden hatte, die Verneinung gemeint. Und ich war so blind vor Liebe gewesen! Mir hätte doch diese Liebe etwas seltsam vorkommen müssen. So ein cooler Junger verliebt sich doch niemals ohne Grund einfach so in ein unattraktives, schüchternes Mädchen. Doch Vorwürfe zu machen, bringt mich auch nicht weiter. Wenigstens war es Gabe, der mir die Liebe vorgetäuscht hat und ich hatte so ein paar schöne Momente. Andererseits wäre dann mein Herz jetzt nicht zerbrochen.

Wie komme ich nur hier wieder raus?!

Doch die Antwort brauche ich gar nicht suchen, denn sie öffnet gerade die Tür. Herein spaziert kommt eine Frau, welche ich schon einmal gesehen habe. Es ist die Fallfrau. Und ich hatte Recht mit meiner Vermutung, woher sie kommt, denn die Fallfrau verwandelt sich sofort in ein Kind. Ein sehr hübsches Mädchen mit strahlendem Gesicht.

"Gut, dass du Flöte gespielt hast, sonst hätte ich dich wohl nie gefunden.", lächelt sie mich fröhlich an, "Keine Sorge, ich werde dir hier heraus helfen."

"Woher wusstest du überhaupt, dass ich Hilfe brauche?", frage ich sie.

"Also erst einmal: ich heiße Sissi und ich kann so allerhand viele Sachen, die du nicht kannst. So weiß ich viel von deinem Leben. Als ich dich nämlich im Bus gesehen habe, habe ich mir gedacht, lass mich mal dieses Mädchen beobachten. Sie hat irgendwas besonderes an sich. Und so habe ich mitbekommen, wie du in Gefahr geraten bist. Denn ich bin in der Lage, mit Hilfe von etwas Phantasie das Leben von anderen zu beobachten. Ich muss einfach meine Augen schließen und schon sehe ich vor mir das Leben eines anderen vorbeifliegen. Es fühlt sich an, als stecke ich auf einmal in dem Körper der Person. Ich bekomme alles genau so mit, wie sie. Sogar die Gedanken und Gefühle. Es ist wie in einem Film. Du kannst nur zusehen und selber nichts am Geschehen ändern. Du kannst nur hoffen, dass alles gut wird. Es sei denn, du öffnest deine Augen wieder und versuchst alles selber in die Hand zunehmen. Und so beschloss ich hierher zu kommen, um dir aus der Patsche zu helfen."

Das heißt, sie weiß ganz genau, wie sehr ich jetzt gerade leide. Und ihr ist bewusst, wie sehr ich in ihn verliebt war. Und wie ich ihn nun hasse.

"Das ist wirklich sehr nett von dir. Ich wusste gar nicht, dass du so viele krasse Dinge kannst."

"Tja, wir werden oft unterschätzt. Genau so wie Kinder auch oft unterschätzt werden."

"Aber was ist, wenn die drei mitbekommen, was du alles so kannst, dann werden sie ganz sicherlich auch deine Kräfte haben wollen."

"Sie wissen längst von unseren Kräften Bescheid. Doch sie wissen auch, dass man unsere Kräfte nicht ausnutzen kann. "

"Ich dachte immer man kann von jedem die Talente klauen."

"Aber nur unter der Bedingung, dass man sich auch dieses Talent genauestens vorstellen kann. Es gibt immer Einschränkungen, die die noch so verlockende Gabe nicht mehr so toll erscheinen lässt. Daher könnten nur höchstens Achtjährige vom Planeten Talenta uns ausnutzen.   Es gibt da aber noch etwas, was ich dir verraten muss. Und zwar gilt es auch für uns, die wir immer Kinder bleiben werden, dass es für unser Talent Einschränkungen gibt. Kinder setzen sich für das Gute ein. Wir wollen, dass es allen gut geht und versuchen das Positive in allen Sachen zu finden. Aber trotzdem kann es gefährlich sein, wenn wir zu viel Macht haben. Wir Kinder besitzen nicht gerade viel Geduld, dennoch können wir alles tun, was wir uns vorstellen. Falls wir damit etwas Gutes bewirken. Doch woher weiß man überhaupt, dass man etwas Gutes tut? Gut und Böse sind Charaktereigenschaften, wie hässlich und hübsch. Man kann beides zu gleich sein. So bist du für den einen Jungen hübsch, während du dich selber vielleicht hässlich findest. Und genau so tust du gute Taten und auch schlechte Taten, wobei manche gute Taten auf eine andere Art und Weise eine schlechte Tat gewesen sein könnten. Wenn du zum Beispiel einen Marienkäfer vor einer Spinne rettest, dann würdest du dich freuen, dass du dem Marienkäfer das Leben gerettet hast. Andererseits ist die Spinne sicherlich nicht sehr erfreut, dass du ihr ihr Futter geklaut hast. Man kann nicht alles so einfach in Böse und Gut einteilen. In Filmen oder Büchern dagegen tut man dies sehr oft, weil dadurch das Geschehen erst richtig interessant wird. Es ist doch viel einfacher, wenn es jemand Gutes gibt, der von jemandem Schlechten bedroht wird, daraufhin den Schlechten besiegen muss. Es gibt Filme, die sind wirklich so einfach aufgebaut. Doch die Taten machen einen doch aus, ob man böse oder gut ist. Aber wenn zum Schluss der Böse vom Guten getötet wird, dann war diese Tat doch etwas Schlechtes. Es hängt natürlich davon ab, was diese Person bewirken will. Es geht darum, dass man das Gleichgewicht nicht auseinander bringt. Doch manchmal tun die Bösen nichts anderes wie die Guten. Sie wollen Macht. Was ich eigentlich damit sagen will, ist, dass du dich immer in die anderen Personen hinein versetzen solltest. Merke dir das und wir werden es schaffen, dich und deine Familie zu retten. Und jetzt komm. Wir haben schon genug Zeit durch Reden verloren."

Auch wenn sie nur ein Kind ist, weiß sie deutlich mehr als ich, da sie schon viel länger das Geschehen im Universum beobachten kann. Dann folge ich ihr und treffe auch schon bald auf die drei, die mein Leben versaut haben. Doch das werde ich auch mit ihrem Leben machen. Ich bin so stinksauer auf sie.

Meine Mutter wird von ihnen gerade gefangen gehalten. Sie sitzt gefesselt auf einem Stuhl, welcher in der Mitte vom Flur der Universität steht. Anscheinend verhindern die Fesseln, dass sie sich verwandeln kann, denn sonst hätte sie sich schon längst retten können. Sissi und ich verstecken uns hinter einer Säule und beobachten, wie gerade John und Nonan mit meiner Mutter reden. Leider stehen wir zu weit weg, um alles zu verstehen. Ich sehe nur, wie meine Mutter weint. Ich kann ihr genau in die Augen sehen. Leicht beuge ich mich etwas vor, sodass ich für einen kurzen Augenblick für sie sichtbar werde. Ich will ihr Mut machen. Und wirklich! Für einen kurzen Moment lächelt sie mich an. Bestimmt haben John und Nonan ihr von mir erzählt. Doch jetzt weiß sie, dass es mir gut geht. Meine Mutter kann sehr gut schauspielern, sodass es den beiden auch nicht auffallen müsste. Doch was ist eigentlich mit Gabe?

Der stand vorhin an einem Kessel, wo der Trank angerührt wird, den sie nachher trinken werden, um die Talente von meiner Mutter zu bekommen. Wahrscheinlich haben sie irgendein Haar genommen, welches vollkommen ausreichen würde. Doch wo ist er jetzt? Ich habe gar nicht mitbekommen, dass er weggegangen ist. Ich blicke mich um, auf der Suche nach ihm. Dabei fällt mir auf, dass Sissi auch nicht mehr da ist. Plötzlich fasst mir eine Hand von hinten auf die Schulter. Es ist eine große warme Hand, die zu Gabe gehört. Das weiß ich, ohne mich auch umzudrehen. Seltsamerweise habe ich mich gar nicht großartig erschrocken, außer dass ich kurz gezuckt habe.

"Was machst du denn hier, Maja?", fragt mich Gabe.

Erst jetzt drehe ich mich um und antworte ihm: "Tja, da muss ich mal überlegen? Was wollte ich wohl hier?! Wollte ich wohl töten? Oder doch nur meine Mutter retten? Was war es denn nur gleich?"

Erst jetzt, nachdem ich gesprochen habe, wird mir überhaupt bewusst, was ich da gerade gesagt habe. Wie auch immer ich es allein schaffen sollte drei Typen zu töten, ich bin stolz auf mich, dass ich mich getraut habe, was zu erwidern. Auch Gabe ist erstaunt. Wenn er mit mir alleine ist, bin ich schüchtern, ängstlich und zurückhaltend. Doch sobald es um meine Mutter und die Menschen, die ich liebe, geht, ist mir alles egal. Hauptsache ich kann sie versuchen zu retten.

Nun sind John und Nonan zu uns gekommen. Nonan meint: "Ich habe vorhin doch Recht gehabt, dass wir die Göre umbringen sollten. Auch wenn ich sehr daran zweifle, dass sie uns Widerstand leisten könnte, würde ich sie lieber aus dem Weg schaffen."

"Außerdem durften wir lange niemanden mehr umbringen.", fügt John hinzu. Ängstlich blicke ich zu meiner Mutter. Der Mut, welcher mich gerade noch blind gemacht hat, verschwindet im Nu.

Doch Gabe meint beschützend: "Ich muss sagen, so mutig wirkt sie viel stärker und irgendwie mag ich sie sogar. Lasst sie uns lieber behalten. Wir müssen sie ja nicht sofort umbringen. Und wir können sicherlich gut damit ihre Mutter erpressen. Habe ich Recht, Annabell?" Er dreht sich prüfend zur ihr um und redet dann weiter:

"Ich glaube übrigens, dass der Trank jetzt soweit fertig ist. Lasst ihn uns jetzt trinken!" Mit diesen Worten werde ich von Gabe an einen Stuhl neben meiner Mutter gefesselt, während die anderen beiden drei Gläser befüllen. Meine Mutter und ich wechseln einen Blick. Sie lächelt mich an. Zwar ist dieses Lächeln gequält. Aber trotzdem gibt es einem Mut. Ich bin froh, dass sie gerade neben mir sitzt. Nicht an die Zukunft denken, Maja! Jetzt für einen Augenblick kann ich froh sein, hier zu sitzen. Ohne Gabe wäre ich jetzt schon sicherlich tot. Ist die Frage, wie alles ausgehen wird. Aber jetzt lasse ich mich lieber nicht von der Angst ablenken, sondern frage die drei:

"Wieso wollt ihr überhaupt das Talent von meiner Mutter haben? Was bringt es euch, wenn ihr euch verwandeln könnt?"

Gabe antwortet mir: "Also ehrlich gesagt geht es uns nicht zu sehr um das Talent deiner Mutter . Vielmehr geht es uns darum, eure Familie aus dem Weg zu schaffen. Die ganzen verschiedenen Probleme, die euch zur Zeit beschäftigen, sind nämlich gar nicht so verschieden. Sie hängen alle voneinander ab. So fürchtet ihr euch vor einer Macht, die bald den Planeten Zaubie gefährden wird. Auf der anderen Seite läuft es nicht so glatt bei Annabell auf der Arbeit. Irgendein Wesen ist auf einmal mächtig geworden und treibt ihr Unwesen. Vor ein paar Tagen dann auch noch diese Feuerstrahlen. Und dir Maja verdrehen auch noch drei heiße Typen den Kopf. Und alles hängt miteinander zusammen. Eure Familie ist verflucht! Jeder einzelne besitzt eine besondere Aufgabe. Nur durch euch allen war es überhaupt möglich, Unheil über euch zu bringen.

Jeder von euch war wichtig. So wie in einem Bienennest, nur alle überleben, wenn jede Biene seine ganz besonderen Aufgaben erledigt. Doch kommen wir nun mal zur Auflösung. Beginnen wir mit dir, Annabell. Was hat es nur mit diesem seltsamen Wesen auf sich, welches ausgebrochen ist?! Dieses Wesen ist ganz zufällig, die Macht, welche das Leben von Robin verändert. Ja, ganz genau! Die Macht, die bald ihr Unwesen treiben wird und irgendwann die Macht über das Universum sein wird. Sie hat auch schon das Gleichgewicht etwas auseinander gebracht, sodass die Feuerstrahlen einen Monat zu früh am Himmel aufkreuzten. Und uns würde es sehr freuen, wenn der Plan gelingt, die Herrschaft über das gesamte Universum zu übernehmen. Denn wir sind sozusagen die Hilfskraft von dieser Macht. Wir erledigen Randaufgaben. Und diese wäre euch aus dem Weg zu schaffen. Eure ganze Familie. Ihr hättet eine Gefahr für uns darstellen können. Doch mit eurer Vernichtung steht uns nichts mehr im Wege. Es werden sicherlich bald Robin und der Rest aufkreuzen und dann werdet ihr verloren sein. Außer natürlich du Annabell. Wenn wir dich umbringen, würden wir ja auch uns selber umbringen. Deshalb wirst du noch viel schlimmere Qualen erleiden, denn du wirst den Tod deiner ganzen Familie miterleben."

"Aber eine Frage hätte ich da noch: diese Macht treibt doch schon viel länger ihr Unwesen und jagt uns Angst ein. Vor 10 Jahren musste Robin uns verlassen, weil die Hexen diese Macht gespürt haben. Doch auf unserer Arbeit hat sich dieses Wesen erst vor zwei Wochen selbständig gemacht.", gibt meine Mutter zu bedenken.

"So dachtet ihr es. Doch in Wahrheit ward ihr nicht

diejenigen, die dieses Geschöpf geschaffen habt, sondern dieses Wesen ist schon deutlich früher da gewesen. Es sah alles nur so aus. Wir sind schon von Geburt an Untertanen dieses Wesens. Und das Talent deiner Mutter ist ja nun wirklich sehr vorteilhaft. Stell dir vor, in wen wir uns alles verwandeln könnten und somit betrügen könnten."

Gabe trinkt das Glas aus und verwandelt sich. Und zwar in mich. Vor mir steht nun eine neue Maja. Wie seltsam es ist, sich nicht nur im Spiegel zu sehen.

"Wieso hast du ihnen alles erzählt?", will Nonan wissen.

"Ich mag es zu sehen, wenn ihnen bewusst wird, wie alles zusammen hängt.", antwortet er mit einem bösen Lächeln zu uns.

Plötzlich hört man Schritte. Schnelle Schritte. Gabe verschwindet sofort in die Richtung, aus der die Schritte kommen.

"Das wird bestimmt eure Familie sein, die sich schon Sorgen um euch macht.", vermutet Nonan. Und wirklich. Ich kann die Stimme von meinem Vater hören. Aber auch meine Stimme. Gabe wird ihnen bestimmt vorspielen, dass ich dringend Hilfe brauche. Er könnte ihnen alles mögliche vorspielen. Natürlich. Man glaubt den Personen alles, denen man vertraut. Nur steckt in dieser Person eine andere. Einer Person, welcher ich mal vertraut habe.

Wenige Zeit später kommt Gabe mit meiner Familie. Und zwar mit allen. Miranda, Robin, Lilli, mein Vater, seine Eltern und Janine. Alle. Dadurch ist nun auch die letzte Hoffnung geplatzt, irgendwie doch noch durch unsere Familie gerettet zu werden. Aber jetzt sind sie alle gefesselt. Selbst Miranda, die es schwer hat sich in dem kleinen Raum zu bewegen. Es müssen starke

Fesseln sein. Gegen die nicht mal ein Drache eine Chance hat.

"Wie einfach es doch ist 7 Leute zu fesseln. Ganz alleine durch unsere neue Gabe.", stellt Gabe fest. Jetzt bemerken auch die anderen mich und meine Mutter. Verwirrt und erschrocken blicken sie zwischen mir und Gabe hin und her. Es dauert ein bisschen bis ihnen klar wird, von wem sie sich gerade gefesselt haben lassen.

"Du bist doch dieser Junge, der meiner Schwester in der Schule Komplimente gemacht hat.", geht Robin das Licht auf.

"Ja das bin.", antwortet Gabe.

"Jetzt können wir endlich mal wieder ein paar Menschen umbringen. Mit wem wollen wir anfangen? Mit diesem Robin?", fragt Nonan. John holt während dessen auch schon eine Pistole hervor. Miranda versucht Feuer zu spucken, doch plötzlich bleiben sie alle wie angewurzelt stehen und bewegen sich gar nicht mehr.

"Dachtet ihr wirklich dass wären normale Fesseln?"

"Sie lähmen euch. Sodass es ein Fliegenschlag sein wird, euch zu töten. Vielleicht ist es sogar ein bisschen zu einfach. Was meinst du, Gabe? Brauchen wir nicht ein bisschen Herausforderung?", fragt Nonan spöttisch.

Das ist doch alles blöd hier! Ich will kein Abenteuer erleben. Ich will einfach nur mein ruhiges, wenn auch manchmal langweiliges Leben leben.

Doch es gibt da noch eine Hoffnung. Eine Person, welche durch das ganze aufregende Geschehen, schon längst in Vergessenheit geraten ist. Eine Person, welche uns retten kann. Und was sie auch tun wird. Denn ich darf nicht sterben. Genau wie meine Familie. Meine Eltern haben vor vielen Jahren ein Abenteuer erlebt, welches sie überlebt haben. Und mein Bruder erlebet dauernd Abenteuer, die er alle überlebt hat. Also werden wir gemeinsam auch dieses Abenteuer überstehen!

"Hier habt ihr eure Herausforderung!", ertönt von hinter eine kindliche Stimme mit erstaunlich viel Mut.

Die drei Jungs drehen sich um und erblicken ihre Herausforderung, welche wohl eher nicht nach einer Herausforderung auszusehen scheint, sondern eher nach einer kurzen Verzögerung für ihr Vorhaben.

"Tja, wer bin ich nur? Was kann denn ein kleines Kind schon machen? Ich verrate mal so viel: Ich bin wesentlich älter als ich aussehe.", gibt Sissi zu.

Der Hinweis, wer sie ist, scheint erfolgreich zu sein. John geht ein Licht auf: "Das heißt, du bist schon dein Leben lang ein Kind! Oh Mist! Wisst ihr was das bedeutet!? Sie ist deutlich mächtiger als wir! Wahrscheinlich besitzt sie sogar mehr Macht als unser Herrscher. An solche Geschöpfe wie sie haben wir gar nicht gedacht!".

Panisch schauen sie sich an. Wie schön es doch ist, wenn sich das Blatt wendet. Und auf ihren Gesichtern sich nun die Angst ausbreitet.

"Na dann zeige ich mal meine Macht." Mit diesen Worten lässt Sissi die drei Jungs einfrieren und löst die Fesseln von uns allen. Nun sind wir endlich frei. Ich renne zu Robin und umarme ihn. Erleichterung steigt in mir auf. Alle umarmen wir uns. Doch das soll noch nicht alles gewesen sein. Plötzlich sackt Sissi zusammen. Wie ein Wurm liegt sie auf dem Boden. Schnell renne ich zu ihr hin. Sie fasst meine Hand und spricht. Jedes Wort ist schwer für sie über die Lippen zu bringen. Deswegen sind es Wortfetzen, welche sie mir zuflüstert: "Ich kann dir nicht helfen ... Nur deine Familie retten ... Annabell und ihr müsst alleine schaffen

... Sonst sterbe ich ... "

Ich helfe ihr beim Aufrappeln und bringe sie zu meiner Familie. Als sie dort ist, geht es ihr wieder gut und sie kann wieder stehen. Eine Wand wächst empor. Sie wird größer und größer bis sie alle dahinter verschwunden sind. Ich weiß nicht, wieso ich das weiß: Aber auch wenn ich meine Familie jetzt nicht mehr sehen kann, habe ich die Vermutung, dass alle die dort drüben stehen mich sehen und hören können. Nur wir sie nicht. Die Wand trennt uns. Jetzt sind Annabell und ich wieder alleine mit den drei widerlichen Kerle. So wie es vor 5 Minuten auch gewesen war . Nur dass wir jetzt nicht mehr gefesselt sind.

Jetzt bin ich mit meiner Mutter alleine. Wir werden es nun alleine schaffen müssen. Was hat es nur zu bedeuten, dass Sissi uns nicht helfen konnte? Was hat sie mir nochmal vorhin erklärt? Mit ihrer Macht kann sie nur Gutes bewirken. Das heißt, dass sie mit ihrer Macht etwas Böses getan hätte, wenn sie uns geholfen hätte. Nur meine restliche Familie konnte sie retten, weil diese Tat anscheinend nicht schlecht ist. Uns kann sie dagegen nicht retten, denn das müssen wir nun selbst in die Hand nehmen. Doch ich darf dabei niemanden umbringen, denn das wäre ja als Außenstehender betrachtet, eine schlechte Tat. Nur wie werde ich mich und meine Familie retten können? Und weiter gedacht: Was wird überhaupt mit unserem Universum geschehen? Ich habe keine Ahnung... Ich habe keine Ahnung...

8. Kapitel: Meine Schwester Maja

Wieso habe ich meiner Schwester nur geglaubt? Für einen kurzen Moment habe ich ihr wirklich diese Zettelgeschichte nicht abgekauft. Irgendetwas verschweigt sie uns, dachte ich. Doch leider habe ich diesen Gedanken nicht hinterfragt und hätte so vielleicht herausbekommen, dass diese Typen keine harmlosen Jungs sind, die nur eine Streberin ausnutzen wollen. Wenn ich so darüber nachdenke, fällt mir jetzt sogar der Haken an dieser Lüge auf: Wieso sollte eine Schülerin die Hausaufgaben von Älteren kontrollieren können, ohne diesen Stoff schon behandelt zu haben? Maja muss mir den falschen Zettel gegeben haben. Was stand nur auf dem richtigen Zettel? So wie es aussieht, werde ich dies nie erfahren. Fakt ist, dass diese Jungs meine Schwester betrogen haben. Sie tut mir so leid. Wie gern ich doch jetzt versuchen würde, diese Wand zu durchbrechen. Doch das wäre die reinste Energieverschwendung. Und Hilfe zu holen, würde auch nichts bringen, denn diese würde es ja auch nicht schaffen, die Wand zu durchbrechen. Mira ist doch so ein schüchternes, kleines Mädchen. Ich habe sie schon immer so sehr geliebt. Ich will sie beschützen, so wie das ein großer Bruder tut. Doch das werde ich nicht tun können. Hinter dieser Wand kann ich die beiden zwar sehen und hören, aber die beiden uns nicht. Meine Mutter und meine Schwester werden uns nie wieder sehen. Nein, Robin! So darf man niemals, aber auch wirklich niemals denken. Es gibt immer einen Ausweg. Doch was könnte man nur unternehmen? Wie ich es hasse, einfach nur so dazustehen und das Geschehen hilflos zu beobachten, ohne etwas dran ändern zu können.

Doch dann fällt mir meine Mutter wieder ein. Sie habe ich ganz vergessen. Jetzt ist sie ja nicht mehr gefesselt und könnte sich so in jede beliebige Gestalt verwandeln und so zumindest Maja beschützen. Aber wieso hat sie dies noch nicht getan? Ich blicke zu dem kleinen Mädchen neben mir, welches wenigstens unser Leben gerettet hat. Vielleicht aber auch nur verlängert hat. (Nicht nur vielleicht, sondern wahrscheinlich.) Sie versteht meinen Blick und erklärt: „Mit meiner Macht war es möglich ein ganz bestimmtes Talent einzuschränken. So können sich alle hinter dieser Wand nicht mehr verwandeln."

„Aber dann kann ja meine Mutter sich gar nicht mehr verwandeln und so Maja beschützen. Das ist doch voll dumm.", gebe ich zu Bedenken.

Doch Lilli erkennt: „Nein, Robin das war überhaupt keine dumme Idee von ihr. Zwar kann sich Annabell nicht mehr verwandeln, aber dafür auch die drei fiesen Jungs nicht. Deine Mutter hätte Maja eh nicht lange beschützen können."

Wahrscheinlich hat sie Recht. Aber wenigstens hätte Annabell sie beschützen können. Wer kann dies nun tun? Meine Mutter steht nun vor Maja. Sie wird es den dreien nicht so einfach machen, sie wegzuziehen. Zum Glück kann meine Mutter nicht umgebracht werden, sonst sterben die drei auch. Und jeden körperlichen Schmerz, der ihr zugeführt wird, erleiden sie auch. Aber irgendwann haben die drei sie weggezogen und was passiert dann?

Bisher ist noch nichts Spannendes geschehen, denn sie stehen alle nur da und unterhalten sich. Worüber die drei gesprochen haben, habe ich nicht mitbekommen, da ich mich ja gerade selber unterhalten habe. Doch es lässt sich leicht erraten, wovon sie erzählt haben. Über das selbe Thema wie wir. Ihnen ist jetzt auch bewusst geworden, dass ihnen ihr neues Talent für diesen Augenblick nichts bringt. Jetzt gehen sie auf meine Schwester und meine Mutter zu.

„Dich wollten wir eigentlich als letztes von eurer Familie umbringen. Doch wie es scheint, wirst du dann doch die erste sein. Gerade haben wir ja gesehen, dass uns selbst dieses kleine Kind mit gewaltiger Macht nicht aufhalten kann. Sieh die Vorteile: Du wirst nicht erleben wie der Rest stirbt.". Das war der Blond-haarige.

„Wieso Mehrzahl? Das war doch nur ein Vorteil.", berichtigt meine Schwester ihn. Wie kann sie denn nur in dieser Situation an so was denken?! Anscheinend will sie sich ablenken. Oder sie will alles hinauszögern. Doch damit kann sie ihr Leben auch nicht retten. Hilfe kann sie eh nicht bekommen.

Mein Blick schweift den Flur entlang, bis ich merke, dass hinter der Wand nicht nur diese 5 Leute stehen. Nein, dort hinten steht unauffällig ein Junge mit blonden Haaren. Ich weiß nicht, wer er ist. Er steht zu weit weg, um das Gespräch verstehen zu können. Aber es scheint so, als würde er dem ganzen folgen und es sogar interessant finden.

Doch was macht meine Schwester denn jetzt? Plötzlich springt sie hinter meiner Mutter hervor, sodass diese sie nicht mehr beschützen kann. Die beiden Jungs lächeln sich gerade noch böse an, sodass ihnen das gefährliche Vorhaben meiner Schwester entgeht. Und so bekommen sie zum Glück zu spät mit, dass auf einmal Maja auf ihr Spiegelbild zu rennt. Jetzt springt sie auch noch auf diese falsche Maja drauf, die uns vorhin hier hergelockt hat. Diese oder besser gesagt dieser ist vollkommen erschrocken und fällt durch das Gewicht meiner Schwester um. Dann rollen sie beide aufeinander durch den Flur. Das sieht sehr seltsam aus. Irgendwann bleiben sie liegen und mir wird bewusst, wieso Maja das getan hat. Ich kann die beiden nicht mehr auseinander halten und weiß nicht mehr wer wer ist. Welche von den beiden ist die richtige Maja? Gar nicht so schlecht von ihr. Doch ist der Plan zu Ende gedacht? Was passiert jetzt? Die anderen beiden können doch sicherlich rausbekommen wer wer ist. Sie rennen gerade beide auf die beiden Majas zu. Meine Schwester darf jetzt keinen Widerstand leisten, sonst fällt sie auf. Doch das ist ihr bewusst, denn beide Majas lassen sich ohne Probleme an die Wand festbinden. Danach wird Annabell wieder auf den Stuhl gefesselt. Aber was wird jetzt passieren?

9. Kapitel: Es wird gefährlich und spannend

„Woher wissen wir jetzt wer wer ist?", fragt John.

„Wir könnten Annabell eine Wunde hinzufügen. Die richtige Maja neben mir wird dann diese Schmerzen nicht erleiden.", fällt mir ein.

„Gute Idee, aber ich habe keinen Bock mir dadurch selber auch Schmerzen zu zufügen.", bemängelt Nonan.

„Ja, ich auch nicht. Aber ich denke wir wissen schon, wer wer ist. Ich meine, wieso hätte die richtige Maja uns so einen Tipp gegeben? Los, Nonan bring die andere um.", lacht John.

Doch wer zuletzt lacht, lacht am Besten. Denn ich bin die richtige Maja und dachte mir natürlich, dass sie so denken werden. Wieso sollte ich mich denn auch freiwillig durch diesen Ratschlag in Gefahr bringen? Aber ich weiß auch, dass dieser Kampf so einfach nicht werden wird. Und so verteidigt sich Gabe jetzt: „Nein! Das stimmt doch gar nicht." Er stottert ein bisschen. Ihm ist der Ernst der Lage bewusst. „Ich kann euch was erzählen, was nur Gabe wissen kann. Ähm ... Zum Beispiel...Irgendetwas, was schon etwas länger her ist...Und wo wir alle zu dritt waren ... Als wir auf dem Laternenfest waren, was habe ich mir da gekauft? Einen Langos."

Laternenfest, das war die Zeit, wo ich frisch verliebt war in ihn. Doch Gabe, ich weiß zwar nicht wieso du ausgerechnet dieses Beispiel genommen hast, aber schlau war es garantiert nicht. Du hättest alles mögliche nehmen können. Aber nicht das Laternenfest. Tut mir leid, Gabe, aber beim Laternenfest habe ich dich leider gesehen: „Und was war auf dem Langos drauf? Salami? Ja, ich denke schon. Und was sind wir an diesem Tag alles so für Karussells gefahren? Also Riesenrad schon mal nicht. Aber dafür Jaguar und Breakdancer."

Ja, an diesem Tag, habe ich die drei intensiv beobachtet und bin mit Nilma den dreien hinterher gelaufen ohne, dass sie etwas mitbekommen haben.

Gabe schaut mich verblüfft und erschrocken an. Sein Mund steht offen. So hat es also ausgesehen, als ich immer meinen Mund aufhatte. Doch dieser Moment hält nicht lange an, denn Gabe fällt ein wesentlich besseres Beispiel ein: „Und was haben wir gestern zusammen gemacht? Nachdem Nonan Döner gekauft hat, haben wir zusammen Star Wars geschaut. Und dann ... "

Er wird zum Glück von John unterbrochen: „Hört auf! Das bringt doch nichts! Anscheinend wisst ihr beide einfach alles. Ich frage euch jetzt beide Fragen und wer sie als erstes beantwortet, der … Der ist dann wahrscheinlich die falsche Maja. Wann hat Gabe Geburtstag?"

„Am 23. März. Und ihr habt beide im September Geburtstag.", antworte ich schnell, bevor es Gabe tun kann. Am Besten so viel wie möglich sagen, also spreche ich weiter, bevor die nächste Frage gestellt wird und beschreibe Gabe´s Musikgeschmack, erzähle, wer sein Klassenlehrer ist und was er so für Noten bekommt, erzähle seinen Stundenplan. Alles solche Dinge, die ich von ihm weiß. Aber nicht einfach nur so hintereinander weg aufgelistet, denn das wäre wieder untypisch für Gabe. Denn wenn man viele Informationen hintereinander aufzählt, welche überhaupt nichts miteinander zu tun haben, dann erweckt man wieder den Eindruck, dass diese Informationen, die einzigen sind, die man weiß. Es soll so scheinen, dass ich über mein Leben wichtige Details erzähle, die sonst niemand kennt, außer meine Freunde. So füge ich viele Nebensätze hinzu und schauspielere dazu noch, bis ich irgendwann von Nonan unterbrochen werde, um eine gezielte Frage zu stellen: „Welches Talent wollte Gabe schon immer gerne haben und besitzt er es nun?"

Mir bleibt nichts anderes übrig als zu raten. Mir fällt das Bild ein, welches in der Wohnung von Gabe hängt. Dort war ein Vogel abgebildet, welcher in die Lüfte schwebt. Also versuche ich mein Glück: „Da ich mich in nun alles verwandeln kann, wenn dieses kleine Kind hinter dieser Wand nicht alles verhext hätte. Kann ich mich nun auch in Vögel verwandeln, die fliegen. Und das wollte ich schon immer können."

„Das ist doch alles verflucht! Vielleicht ist das Gabe. Aber diese Maja daneben, scheint auch nicht gerade wenig über Gabe zu wissen.", regt sich nun John auf. Anscheinend habe ich richtig geraten.

„Aber wüsste Maja, was wir gestern alles zusammen gemacht haben?", gibt Nonan zu bedenken.

„Vielleicht war es aber auch nur Glück. Ich meine Döner zu essen ist ja nicht ganz so unwahrscheinlich. Und auch wenn Star Wars ein alter Film vom Planeten Erde ist, ist er auch nicht gerade so unwahrscheinlich. Und …".

John wird von Gabe unterbrochen: „Ja, aber welchen Teil haben wir geschaut? Es war der achte Teil und zwar „Die letzten Jedi"."

„Nonan, binde den beiden die Tücher um. Ich hasse es, wenn ich unterbrochen werde.", befiehlt John. Na das sagt der Richtige. Und so bekommen wir Tücher umgebunden. Nicht gerade angenehm. Und können so nicht mehr sprechen.

„Was machen wir denn jetzt? Sie wissen beide unnormal viel über Gabe."

„Aber woher? Die richtige Maja dürfte doch gar nicht so viel wissen. Das ist wirklich merkwürdig. Manche Dinge könnte man auch einfach beobachten haben, aber dadurch wüsste man doch nicht so viel. Ich finde das wirklich gerade sehr merkwürdig."

„Das ist doch erst mal unwichtig. Fakt ist, dass wir so nicht weiter kommen. Beide könnten Gabe sein. Sie wissen beide Sachen, die man durch einfaches Beobachten eventuell wissen könnten, aber auf der anderen Seite wissen sie auch solche Dinge, die wir beide eigentlich als einzige noch wissen müssten. Und so kommen wir nicht weiter."

„Also sollten wir jetzt Annabell verletzten?"

„Nein, das machen wir nicht. Wir werden dadurch doch

auch nur verletzt. Auch wenn die Wunde ganz klein sein könnte, ich muss zugeben, ich mochte Gabe noch nie so ganz. Ich kenne ihn zwar schon seit 17 Jahren und er ist so was wie ein Bruder geworden. Doch als Hilfskraft von dem zukünftigen Herrscher über das Universum, müssen wir hart sein. Ich finde auf Gabe können wir ruhig verzichten."

„Das heißt wir bringen einfach beide um?"

„Du verstehst mich.", meint John. Und so holen sie beide Pistolen ruckartig hervor und richten sie auf uns beide. Damit habe ich nicht gerechnet.

Oh mein Gott! Ich drehe mich um. Ich kann nicht zusehen, wie meine Schwester stirbt und das auch noch zweimal. Auch wenn ich weiß, dass die eine Maja davon nicht die wirkliche Maja ist, werden dort auf den Boden jetzt gleich zwei tote Majas liegen. Und ich kann die beiden nicht mal auseinander halten. Woher wusste die richtige Maja überhaupt so viel über ihn? Anscheinend ist ihr Leben doch nicht so uninteressant gewesen. Wahrscheinlich war sie sehr verliebt in ihn gewesen und hat ihn so sehr beobachtet. Als Detektivin wäre sie hervorragend gewesen. Ich hätte es besser nicht machen können. Sie hat es doch so gut bis zu diesem Punkt geschafft. Es kann doch jetzt nicht schon vorbei sein. Doch dann höre ich auch schon die zwei Schüsse. Fast gleichzeitig. Ich höre zwei Körper umfallen. Es war ein schneller Tod ohne Qualen gewesen. Mir läuft die erste Träne schon herunter. Maja. Tod. Ich will mich nicht umdrehen. Meine Vorstellungen von dem, wie sie da daliegen und das Blut langsam den Boden entlang fließt, ist schon schlimm genug. Aber als ich mich umdrehe, stelle ich fest, dass meine Vorstellungen deutlich schlimmer sind, als die Realität. Denn die beiden Majas sind nicht diejenigen, die dort tot liegen. Nein, es sind die beiden Bösewichte. Dieser Junge mit den blonden Haaren, welcher mir vorhin schon aufgefallen ist, hat meine Schwester gerettet. Er hat auch zwei Pistolen, mit denen er die beiden erschossen hat, bevor sie die beiden Majas umbringen konnten. Ich bin so erleichtert. So erleichtert. Jetzt kann ich auch erkennen, welche von den beiden Majas die Richtige ist. Während die falsche Maja etwas erschrocken schaut, verzieht die wahre Maja ihr Gesicht. Sie hat noch nie Filme gemocht, in denen dauernd Menschen gestorben sind. Ich fand es am Anfang auch eklig, wenn ich Drachen oder irgendwelche andere Geschöpfe umbringen musste, doch mit der Zeit gewöhnt man sich daran.

Der Junge kennt anscheinend Maja: „Na, dann bringen wir mal noch die falsche Maja um, welche gerade nicht das Gesicht verzieht."

Meine Schwester will irgendetwas sagen, doch sie hat ja immer noch diese Tücher im Mund. Aber der Lebensretter meiner Schwester holt die Tücher sofort raus.

„Nein!", schreit Maja „Also erst mal danke, Hannes. Aber mir reicht schon der Anblick von den zwei Toten da unten. Und ich will nicht sehen, wie ich tot aussehe."

Ja, ganz eindeutig, dass ist meine Schwester Maja.

„Aber wir sollten kein Risiko eingehen."

„So leicht kann er sich doch gar nicht befreien."

„Okay, Maja. Weil du es bist.", mit diesen Worten befreit er meine Schwester von der Wand und lässt die falsche Maja am Leben. Wahrscheinlich gehen meine Schwester und Hannes in eine Klasse. Sie bedankt sich mit einem „Dankeschön".

Daraufhin gesteht ihr dieser Hannes: „Ich muss dir da wohl noch was verraten, Maja. Für mich ist es gerade so ein schönes Gefühl dein Held zu sein, denn ich finde dich irgendwie schon seit ein paar Jahren echt voll anziehend. Und für mich ist es gerade schwer das zu sagen, aber ich bin verliebt in dich."

Wie sehr ich mich gerade für meine Schwester freue. Der eine Junge hat zwar ihr Herz gebrochen und ich kann mir nicht vorstellen, wie schlimm dies wohl für meine Schwester gewesen sein muss. Sie war immerhin nicht nur leicht verliebt, sondern wirklich sehr krass. Doch anscheinend verliebt sich nicht nur Maja in Leute, sondern auch welche in sie. Aber woher kommt eigentlich dieser Hannes? Wahrscheinlich wusste er, dass sie in Gefahr steckt und hat dann versucht, sie zu retten. Und zwar mit Erfolg.

Wie es Hannes genau geschafft hat den drei Jungs zu entfliehen und somit Maja retten konnte, ist eine andere Geschichte. Eins ist aber klar, dabei hat ihm sein Talent geholfen, welches er besitzt, weil er vom Planeten Gehörium kommt. Er ist ein sehr intelligenter und hinterlistiger Junge. Der, genau wie Maja, Geheimnisse besitzt und viele Menschen damit überraschen kann. In Maja ist er aber allerdings nicht verliebt. Er findet sie zwar genial, weil sie ebenso wie er, Menschen gut beobachten kann. Aber ihm geht es ganz alleine nur um die Macht. Er würde Maja sogar töten, wenn er dadurch mächtiger werden würde. Doch im Moment erhofft er sich durch vorgetäuschte Liebe, einige Vorteile.

Aber Maja sieht das anders als ich: „Es tut mir leid, Hannes. Aber ich habe heute etwas gelernt. Und zwar, dass die Liebe so enttäuschend sein kann.

Wahrscheinlich ist die wahre Liebe, diese eine Person, für die du bestimmt bist, doch nur ein Märchen. Oder dieses Phänomen tritt ganz selten auf, wie bei meinen Eltern. Und auch mein Bruder hat eine Freundin. Da reicht das Glück, doch gar nicht mehr für unsere Familie aus, dass ich auch noch jemanden finde."

Neben mir meint Janine: „Ach, Maja. Man braucht nicht unbedingt einen Freund, um glücklich zu sein." Jetzt verstehe ich auch, wieso meine Schwester so an unserer Großtante hängt. Bei ihr wird sie nicht eifersüchtig. Wie gerne ich doch jetzt zu ihr rennen würde, sie in den Arm nehmen würde und ihr sagen würde: „Dafür hast du doch deinen Bruder, der dich genauso sehr liebt, wie seine eigene Freundin." Wie traurig sie dort dasteht. Kann nicht wenigstens dieser Hannes sie in den Arm nehmen. Aber seltsam, wie immer irgendwelche Leute erscheinen und die ganze Situation ändern. Ohne die Hilfe von Hannes und Sissi wären wir schon längst alle tot. Doch jetzt kommt plötzlich noch eine Gestalt. Aber dieses Mal will sie uns nicht retten, denn wie sich herausstellt, handelt es sich um die zukünftige Macht im Universum, die nun erscheint. Und so wie sie erscheint, hätten wir sie uns nicht vorgestellt. Eine große graue Staubwolke entsteht aus dem Nichts. Eine dunkle, tiefe Stimme regt sich auf: „Alles muss man selber machen. Jetzt muss ich auch noch Gabe aus dem Körper von dem Mädchen befreien"

Mit diesen Worten entsteht um Gabe ein Wirbelsturm. Rein theoretisch wird es etwas länger dauern, bis Gabe aus dem Körper meiner Schwester befreit ist. Denn die Kräfte von Sissi, welche es verhindern, dass er sich zurückverwandeln kann und die Kräfte von der Macht sind etwa gleich stark. Und so wandeln sich jetzt erst langsam die blonden Haare von der falschen Maja in schwarze Haare um. Es wird wohl noch etwas Zeit vergehen, bis sich die Macht um meine Schwester kümmern kann. Aber was bringt diese Zeit Maja? Danach wird sie auch sterben.

Was mache ich denn jetzt? Vor Erschöpfung setze ich mich erst mal auf den Boden. Hannes will sich neben mich setzen, doch er versteht zum Glück meinen bösen Blick dem ich ihn zuwerfe. Ich mag ihn nicht besonders. Ich bin vielleicht nicht stark und tapfer, aber dumm bin auch nicht. Wieso sollte er plötzlich in mich verliebt sein? Ich hätte es mitbekommen, wenn er ich mich vor Liebe beobachtet hätte. So was entgeht mir nicht. Ich bin doch Maja! Stimmt schon, dass ich ohne ihn tot wäre, aber er wäre ohne mich auch tot. Denn dann würde Gabe jetzt dort tot auf den Boden liegen und diese Macht, also Schrecklich, könnte uns beide sofort umbringen. Aber nein, nicht darüber aufregen, Maja! Dir muss jetzt ein Plan einfallen. Irgendetwas muss doch noch zumachen sein. Und ich meine irgendeine andere Idee, als diese, die ich vorhin hatte. Bevor mir die Idee mit dem Draufwerfen auf Gabe gekommen ist, habe ich ganz kurz darüber nachgedacht, meine Mutter umzubringen. Denn dann wären auch alle drei Jungs gestorben. Ich glaube meine Mutter hatte sogar schon selber diese Idee gehabt. Ich hätte mich eh nicht getraut, diese Idee in die Tat umzusetzen. Doch meiner Mutter hätte ich es durch aus zugetraut. Sie hätte sich sicherlich getraut, sich für uns selber umzubringen. Aber dann ist mir ja zum Glück aufgefallen, dass Gabe genauso aussieht wie ich. Und das könnte man ja ausnutzen. Vorhin hast du meine Gestalt ausgenutzt, also kann ich das jetzt auch ausnutzen. Dachte ich mir. Doch jetzt brauche ich einen neuen Plan. Ich blicke zu meiner Mutter. Sie sitzt ja immer noch auf dem Stuhl gefesselt. Ich könnte sie ja jetzt befreien. Aber dann fällt mir auf, dass nur noch meine Beine sich noch nicht zurück in die von Gabe verwandelt haben. Mir muss sofort etwas einfallen! Irgendetwas geniales! Komm, Maja. Lass dir was einfallen! Wenn man unter Druck gesetzt ist, fallen einem doch oft die besten Sachen ein. Aber nicht, wenn man zu sehr unter Druck steht. So wie das bei mir gerade der Fall ist. Mein Herz pocht so laut. Und ich kann nicht mehr klar denken. Was könnte ich jetzt nur tun? Ich muss mich erst mal wieder beruhigen. Jetzt hat sich schon alles, was sich über mein Knie befindet, wieder zurück verwandelt. Vielleicht sollte ich Flöte spielen. Das würde mich zumindest runter fahren und ich könnte wieder klar denken. Aber ich habe doch jetzt keine Zeit um Flöte zu spielen! Obwohl … Ich kann es ja wenigstens versuchen. Also hole ich schnell das Kästchen mit der Flöte hervor und spiele mein Lieblingslied. Sofort geht es mir besser. Es scheint mir, als würde selbst meine Mutter lächeln. Und ich werde plötzlich so glücklich.

In dem Moment, als Gabe wieder vollständig in seiner Gestalt da steht und „Schrecklich" mich nun umbringen kann, wird mir bewusst, was Musik anstellen kann. Oder besser gesagt, was ich mit Musik anstellen kann. Ich war mein Leben lang traurig, dass Robin magische Kräfte besitzt und ich nicht. Meine Mutter meinte, sie kommen bei mir auch irgendwann. Doch ich war davon noch nie richtig überzeugt. Bis jetzt. Denn nun weiß ich, was meine magischen Kräfte sind. Das erste Mal habe ich sie im Restaurant gemerkt. Als ein trauriges Lied gespielt wurde, fühlte ich mich traurig, doch als plötzlich ein fröhliches Lied kam, fühlte ich ich wieder glücklich. Damals waren diese magischen Kräfte erst ganz leicht gewesen. Doch vorhin als mein Herz durch Gabe zerbrochen war, hat die Musik es wieder geheilt. Jedes Lied besitzt eine gewisse Stimmung und ich kann durch meine Flöte diese Stimmungen auf andere Menschen übertragen. Dies wird mir alles innerhalb weniger Sekunden bewusst. Und so spiele ich, bevor Schrecklich mich umbringen kann das Lied von Musik. Ich hätte nie gedacht, dass ich das jemals denken würde, aber ich bin echt froh, dass ich dieses Lied auswendig kann. Denn durch dieses langweilige Lied schlafen plötzlich um mich herum alle ein. Der Staub setzt sich von der Luft auf den Boden ab. Es dauert zwar etwas lange bis sie alle schlafen, aber es funktioniert. Je länger ich spiele, umso mehr bekomme ich auch das Gefühl, wie genau meine magische Kraft funktioniert. Ich kann auch zulassen, dass ich selber nicht in diese Stimmung der Musik gerate. Das wäre ja auch etwas sinnlos, wenn ich dies nicht könnte. Denn sonst würde ich ja selber auch einschlafen. Doch ich kann nicht nur bei mir bestimmen, ob ich in diese Stimmung gerate. Nein, ich kann dies auch bei anderen Leuten tun! Und so beschließe ich , einfach irgendwelche schrägen Töne zu spielen. Es sind hässliche, quietschende Töne. Doch diese sind auch gefährlich und sogar tödlich. Sie sind nur für Schrecklich gedacht. Ich spiele so lange bis sich der Staub in Luft aufgelöst hat. Dann höre ich auf. Fasziniert von mir selber blicke ich meine schlafende Familie an. Nun ist auch die Wand wieder weg. Und das soll`s nun gewesen sein? Gerade hatte ich noch so Angst um das Leben meiner Familie und um mich selber. Und jetzt plötzlich habe ich alle Ängste aus dem Weg geschafft. Und zwar nur durch Musik. Es wird wohl ein bisschen dauern, bis ich dies alles hier verarbeitet habe. Aber nun muss ich erst mal meine Familie aufwecken. Die wahrscheinlich ebenso verblüfft sein wird, wie ich.

10. Kapitel: Alles ergibt Sinn

Alle sind stolz auf mich. Vor allem mein Bruder. Niemand hätte von ihnen damit gerechnet, dass ich so mutig sein kann, wenn es um das Leben meiner Familie geht. Ich bin selber von mir überrascht. Nachdem wir uns alle glücklich umarmt haben, fragen wir uns was wir mit Gabe und Hannes nun machen. Sissi schlägt vor: „Also den Hannes, den nehme ich zu mir. Da kann ich ihn erziehen und erklären was passiert, wenn wir zu machtbesessen sind."

Das heißt, Sissi hat schon herausbekommen, wer Hannes wirklich ist. Sie hat wahrscheinlich in seinen Gedanken gelesen. Also hatte ich Recht, dass Hannes mich angelogen hat.

Gabe stottert: „Maja, vielleicht kann … Also das kommt jetzt blöd, aber ich glaube, ich empfinde wirklich etwas für dich."

„Ja, schon klar. Das würde ich jetzt auch an deiner Stelle sagen.", verteidigt mich mein Bruder. Anscheinend will er ihm sogar eine Ohrfeige verpassen, doch Lilli kennt ihn, und hält ihm zum Glück davon ab.

„Bitte, hör mir zu. Ich weiß, du bist sauer auf mich und ich kann dich verstehen. Und du kannst mir auch nicht mehr vertrauen und… "

Ich unterbreche Gabe: „Hör sofort auf. Du denkst, ich wäre sauer auf dich?! Ich bin nicht nur etwas sauer auf dich, sondern stinkwütend! Weißt du, wie sehr ich geweint habe wegen dir?! Nur wegen dir!" ich stocke kurz, schaue ihn wütend in die Augen und höre dann auf mit schauspielern: „Aber ich liebe dich trotzdem."

Und dann liege ich auch schon in seinen Armen. Ist mir doch egal, was er mir alles angetan hat, ich liebe ihn trotzdem und dieses Gefühl würde ich nie unterdrücken können, denn er ist meine wahre Liebe. Er ist die Person für die ich bestimmt wurde. Das fühle ich einfach, wenn ich in seinen Armen liege. Meine Familie ist wahrscheinlich etwas überrascht, aber ich brauche ihnen dies alles zum Glück nicht erklären, denn das tut Sissi zum Glück für mich: „Am Besten ich erkläre euch jetzt mal allen, was Sache ist. Also erst mal, was ihr hier seht, ist das Glück, wenn sich ein Pärchen gefunden hat, welches perfekt zusammen passt. Ihr fragt euch jetzt bestimmt: Wie geht das denn? Dieser Junge hat doch Maja die Liebe nur vorgespielt. Ihr wundert euch zu Recht. Ich würde auch an dieser Liebe zweifeln, wenn ich nicht vorhin immer mal die Gedanken und Gefühle von den Zweien miterlebt hätte. Das Maja Gabe liebt, ist ja keine Frage. Wieso wusste sie denn sonst so viel über Gabe? Aber was ist mit ihm? Tja, er fand Maja schon von Anfang an besonders. Gabe war zwar noch nicht am Anfang in sie verliebt, freute sich aber dennoch, dass er derjenige sein konnte, der ihr die Liebe vorspielen konnte. Dabei verliebte er sich aber auch in sie. Mit seinen Gefühlen wusste er jedoch nicht richtig umzugehen. Wie denn auch? Er hatte nie eine richtige Familie gehabt, die ihm das Lieben lehrte. Die ganzen Komplimente, welche er Maja gemacht hat, musste er zwar machen. Aber trotzdem meinte er vieles von ihnen ernst. Das sie so gut Flöte spielen kann, hat Gabe schon immer an Maja bewundert. Vorhin bekam er dann mit, wie stark Majas Gefühle für ihn waren. Sie war schon deutlich länger in ihn verliebt gewesen. Er fühlte sich gerührt von ihr. Aber dann wollten ihn seine angeblichen Freunde umbringen. Er dachte, sie wären seine Familie gewesen. Ab diesen Moment kam es zu einem innerlichen Konflikt in ihm. Noch nie hat jemand ihn geliebt. Noch nie hat jemand etwas für ihn empfunden. Selbst seine beiden 'Freunde', mochten ihn nicht. Doch dieses Mädchen empfand gleich auf einmal so viel für ihn. Ihm wurde klar, dass er sein Leben lang falsch gelebt hat. Er kam auf die Welt und musste mit seinen beiden 'Freunden' für die Macht kämpfen. Ja, am Anfang war diese noch gar nicht so mächtig gewesen. Doch durch die drei, hat sie es so weit bis hierher geschafft. Die Macht hat allen dreien ihre Eltern weggenommen und so ließen sie sich alle drei leicht manipulieren. Die Macht war für alle drei so etwas wie ein Vater. Doch ihnen wurde in den Kopf gesetzt, was das Ziel ihres Lebens ist. Ihr 'Vater' soll die Macht des Universums werden. Liebe kannten sie nicht wirklich. Ihre Normen und Werte waren ganz anders, als unsere. Als sie dann hierher zogen, waren sie das erste Mal unter anderen Wesen. Und haben so die Normen und Werte bekommen, die für uns normal sind. Maja hat Gabe's Leben auf den Kopf gestellt. Und er hat erkannt, dass das Leben auch ganz anders laufen kann, als bisher. Er findet sie hübsch, echt talentiert und fragt sich gerade, wie er selber da mithalten kann. Ihm wird es sicherlich am Anfang schwerfallen, über Gefühle zu sprechen. Deswegen habe ich jetzt seine Gefühle euch allen erzählt. Das hat er wirklich alles vorhin gedacht, als er dort hing und zurück verwandelt worden ist. Maja, du hast etwas Wundervolles geschaffen – deine Geschichte. Und Hannes, du kannst jetzt vielleicht auch schon gleich das Erste daraus lernen. Macht bringt nicht immer etwas. Wenn ich durch meine Macht sofort diesen ekligen Staub aus dem Weg geschafft hätte, dann wäre diese Geschichte ganz anders ausgegangen. Dann gäbe es zwar keine Angst mehr vor dieser Macht, aber dann hätte Maja nicht beweisen können, was sie für ein tapferes Mädchen ist. Ehrlich gesagt, wusste ich schon länger Bescheid, wer diese drei Jungs sind. Ich bin sogar wegen ihnen extra hier hingezogen. Als die Hexen vor ein paar Jahren eine Gefahr gespürt haben, habe ich mit dem Aufspüren dieser Gefahr begonnen. Ich habe sie auch schnell gefunden. Doch ich konnte mit meiner Macht die Macht nicht auslöschen, denn sonst hätte ich etwas Schlechtes getan. Wir alle haben einen Anteil an dieser Geschichte und dass die Geschichte gut ausgegangen ist. Hannes, wenn man also zu viel Macht hat, muss das nicht unbedingt etwas Gutes sein. Du bringst dich vielleicht noch selber in Gefahr. Doch ich konnte mit meiner Macht, die zum Glück eingeschränkt war, Gutes bewirken. Rein theoretisch wäre es möglich gewesen, dass ich die Macht aus dem Weg geschafft hätte, bevor es zu dieser Geschichte gekommen wäre. Aber dann hätte ich diese Liebesgeschichte zerstört. Dann hättet ihr beide nie zusammen gefunden. Maja, hätte nie beweisen können, zu was Großartigem sie fähig ist. Sie ist ein geheimnisvolles, tapferes, ehrgeiziges Mädchen. Das war mir sofort bewusst, als ich sie das erste Mal gesehen habe. Sie hat uns gezeigt, wie genial sie ist. Sie kann schauspielern und als

Detektivin wäre sie super. Und durch dieses Abenteuer hättest du vielleicht auch deine magischen Kräfte nicht so schnell entdeckt. Wenn du deine magischen Kräfte erst eine Woche später bekommen hättest, wäre es zu spät gewesen. Aber sie sind seit Freitag schon in dir herangewachsen, damit diese Geschichte genau so ausgegangen ist. Jede Kleinigkeit hätte etwas geändert. Aber es ist alles genau so passiert, so dass alles Sinn ergibt. Das Schicksal hat es so gewollt. Alles hat einen Zusammenhang."

Impressum:
©2019
Herstellung und Verlag: BoD – Books on Demand, Norderstedt.
ISBN: 9783748191742